SV

Fernando Vallejo
Der Abgrund

Roman

Aus dem Spanischen von
Svenja Becker

Suhrkamp

Die Originalausgabe erschien 2001 unter dem Titel
El desbarrancadero bei Alfaguara, Madrid.

Die Übersetzerin dankt dem
Literarischen Colloquium Berlin und seiner
Übersetzerwerkstatt 2003
für die freundliche Unterstützung.

Druck: Freiburger Graphische Betriebe
Printed in Germany
Erste Auflage 2004
ISBN 3-518-41655-3

1 2 3 4 5 6 – 09 08 07 06 05 04

Der Abgrund

Als sie ihm die Tür öffneten, trat er grußlos ein, ging die Treppe hinauf, durchquerte den ersten Stock, gelangte ins hintere Zimmer, sank aufs Bett und fiel ins Koma. Dergestalt von sich selbst befreit, keinen Schritt vor dem Abgrund des Todes, den er wenig später hinabstürzen würde, verbrachte er die, wie ich glaube, einzigen friedvollen Tage seit seiner fernen Kindheit. Es war Weihnachten, die glücklichste Zeit für die Kinder von Antioquia. Und wie lange waren wir keine Kinder mehr! Hals über Kopf waren die Tage, die Jahre, war unser Leben vergangen wie der Fluß von Medellín, den sie zum Abwasserkanal gemacht haben, auf daß er statt glitzernder Schwarmfische in seinen verdreckten Wassern zornig strudelnd Scheiße, Scheiße und noch mehr Scheiße ins Meer spüle.

Zu Neujahr war er bereits zurück in der Wirklichkeit: im Unvermeidlichen, in seiner Krankheit, daheim im staubigen Tollhaus, in seinem und meinem Zuhause, das zur Ruine verfiel. Habe ich mein Zuhause gesagt? Idiot! Wie lange war das nicht mehr mein Zuhause? Seit Papi gestorben war, und deshalb auch der Staub, denn seit seinem Hinscheiden fegte hier keiner mehr durch. Mit seinem Tod hatte die Wahnsinnige weniger ihren Gatten als vielmehr ihr Dienstmädchen verloren, das einzige, das länger gehalten hatte. Ein halbes Jahrhundert hatte es gehalten, was sich schnell sagt. Die beiden waren der Inbegriff der Liebe gewesen, eitel Glück und Sonnenschein, das perfekte Ehepaar. In den ersten zwanzig Jahren, solange ihre Maschine funktionierte, hatten sie neun Kinder hergestellt zur größeren Ehre Gottes und des Vaterlandes. Für welchen Gott, welches Vaterland! Idioten! Gott gibt es nicht, und gibt es ihn doch, ist er ein Schwein und Kolumbien ein Schlachthof. Und ich hatte mir geschworen, nicht zurückzukommen! Sag nie, von diesem Wasser trink ich nicht, denn wenn wir in dem Tempo weitermachen und so viele, wie wir sind, trinken wir über kurz oder lang alle das Scheißwasser aus diesem Fluß. Möge es dem Einen wie dem anderen zu größerer Ehre gereichen. Amen.

Ich kehrte zurück, als sie mir mitteilten, daß Darío, der erste meiner unzähligen Brüder, sterben würde, woran, das wußte man nicht. An dieser Schwulenkrankheit halt, die gerade in ist, nach der heute jedes Model aussieht und wegen der sie wie Leichen herumlaufen, als durchsichtige Gespenster durch die Straßen gaukeln wie vom Licht bewegte Schmetterlinge. Wie die heißt? Ja, was weiß ich. Mit meiner Schwäche für Frauen weiß ich von Schwulen gar nichts, außer daß es mehr als genug davon gibt auf der Welt, Präsidenten und Päpste inbegriffen. Allein hier im Land der Mörder, oder war unser letzter erster Mann im Staat etwa keine First Lady? Und böse Zungen (die davon mehr verstehen als die Feuerzungen des Heiligen Geistes) munkelten von einer apostolischen Schwäche, die Papst Paul beim Anblick der kleinen Stricher oder marchette von Rom befalle. Dieselbe, die mich befiel, als ich dort war und ihn traf oder, besser gesagt, von weitem sah, wie er an einem Sonntagmorgen von seinem Fenster aus den Segen gab. Wie könnte ich das vergessen! Er oben segnend, und wir, die belemmerten Schäfchen, unten auf dem Petersplatz eingepfercht. Meiner Meinung nach, meiner unerheblichen Meinung nach, segnete er zuviel und zu unspezifisch und zu lässig, machte da mit seiner Hand, die aussah wie gebrochen oder ausgeleiert, Kreuze in die Luft, die wir erraten mußten. Wie sich ein Notar durch dauerndes Unterschreiben die Unterschrift verdirbt, hatte sich Seine Heiligkeit durch dauerndes Segnen den Segen verdorben. Er segnete schlampig, hier hin, da hin, nach Norden, nach Süden, nach Osten, nach Westen, wen er unter die Finger bekam, kreuz und quer und auf Teufel komm raus. Was für ein Segenregen da auf uns niederging! An dem Morgen saß Seiner Heiligkeit die Hand lockerer als einem Arzt beim Verschreiben von Antibiotika.

Ich schellte, und es öffnete mir der Große Sack, diese Nachgeburt, die von der Wahnsinnigen als letzter Sohn hervorgebracht worden war (zur Unzeit, als sie in die Jahre gekommen war, als ihre Eizellen, ihre Gene bereits unter Mutationen gelitten hatten). Er öffnete und begrüßte mich mit keinem Wort, machte kehrt und ging wieder zu seinen Computern, ins Internet. Er hatte sich das Haus unter den Nagel gerissen, das Haus, das Papi uns hinterlassen hatte, als er uns verlassen hatte und nebenbei diese Welt. Erst hatte er sich die gute Stube unter den Nagel gerissen, dann den Garten, das Eßzimmer, den Hof, das Klavierzimmer, die Bibliothek, die Küche und das gesamte obere Stockwerk mitsamt dem Dach und der Fernsehantenne auf dem Dach. Ich brauche Ihnen nicht zu sagen, daß sogar die Schlingpflanze ihm gehörte, die das große Fenster an der Fassade zuwucherte, ganz zu schweigen von den bescheidenen Mäusen, die nachts bei uns ein karges Mahl nehmen wollten, ein Laster, das auch wir endgültig aufgaben, als Papi starb.

»Und diese Nachgeburt, warum grüßt der mich nicht, sind wir uns heute schon über den Weg gelaufen?«

Er redete schon ewig nicht mehr mit mir, seit Olims Zeiten. In seinem Bauch war ein regelrechter Haß auf mich herangereift, auf seinen eigenen Bruder, den lieben, der hier spricht, hier Ich sagt, der den ganzen Laden schmeißt. Sei's drum, solange Darío nicht starb, waren wir beide dazu verdammt, uns unter demselben Dach zu begegnen, in derselben Hölle. In der putzigen Hölle der Wahnsinnigen, die sie hier liebevoll Stück für Stück, Tag für Tag, fünfzig Jahre lang aufgebaut hatte. Wie jedes solide Unternehmen nicht über Nacht aus dem Boden gestampft, sondern eine putzige Hölle mit Tradition.

Ich ging hinein. Ich stellte den Koffer ab, und da sah ich Gevatterin Tod, die fiese Nervensäge mit dem unsäglichen Lächeln auf der Treppe sitzen, auf der untersten Stufe. Sie war zurück. Vielleicht ja endlich wegen mir ...? Ach was! Vor meiner Wenigkeit – ganz der Ihre, nicht der ihre – hat sie Respekt. Sie sieht mich und weicht zurück wie früher die Haitianer, wenn ihnen Duvalier auf der Straße entgegenkam.

»Ich gehe nicht hoch, Gnädigste, ich bin nicht wegen der Wahnsinnigen hier. Genau wie diese vermeide ich Treppen, wo ich kann, und bewege mich möglichst immer ebenerdig. Und bis ich zurück bin, passen Sie auf sich auf und nebenbei auf meinen Koffer, denn einmal nicht aufgepaßt, klaut einem hier im Land der Diebe jemand die Unterhosen und der Gevatterin die Sense.«

Und ich ließ die Zahnlose aufpassen und ging durch bis zum Garten. Dort lag er, in einer Hängematte zwischen Mango- und Pflaumenbaum unter einem an den Wäschedrähten aufgehängten Laken, das ihn vor der Sonne schützte.

»Darío, mein Kleiner, du liegst ja im Zelt des Scheichs!«

Er setzte sich auf und lächelte mich an, als sähe er in

mir das Leben, und die Freude, mich zu sehen, die in seinen Augen aufleuchtete, war das einzig Lebendige in seinem Gesicht: Der Rest war dünn über Knochen fallende Knitterhaut mit sarkomatösen Flecken.

»Was war los, Kleiner! Warum hast du mir nicht gesagt, daß es dir so schlecht geht? Da sitze ich in Mexiko und rufe tagaus, tagein bei dir in Bogotá an, und nie geht einer dran. Ich habe gedacht, dein Telefon ist wieder hinüber.«

Nein, er war es, der hinüber war, seit Monaten an Durchfall starb, an einem nicht zu bremsenden Durchfall, dem nicht einmal Gottvater mit all seiner Allmacht und gegenüber der Menschheit vielfach bewiesenen Güte Einhalt gebieten konnte. Das mit dem Telefon waren bloß zwei Kabel, die er in seiner Trägheit, die keinen Ruf der Welt erhörte, lose auf dem Fußboden liegen ließ, während eine Marihuanawolke gen Himmel schwebte und sich, von der Zimmerdecke aufgehalten, an sich selbst labte. Das Telefon konnte man hinkriegen. Ihn nicht. Ob mit oder ohne Aids, er war ein hoffnungsloser Fall. Und das aus meinem Munde!

»Mach die Fenster auf, Darío, daß dieser Qualm abzieht, ich kann ja schon nicht mehr klar denken.«

Nein, er machte sie nicht auf. Weil, dann käme die Kälte von draußen herein. Und lag da weiter wurstig in seiner Hängematte, die er von Wand zu Wand gespannt hatte. Seine Wohnung in Bogotá: eine einzige Katastrophe! Schlimmer als dieses Haus in Medellín, in dem er starb. Ich will Ihnen nur das Bad beschreiben. Zunächst mußte man eine Stufe hoch.

»Und diese Stufe, verdammt? Meister der Baukunst, murksende!«

Wer sollte begreifen, daß das Bad eine Stufe höher lag

als die restliche Bruchbude? Ich stolperte über die Stufe beim Reingehen und stürzte vornüber ins Leere beim Rausgehen.

»Doppeltes Hurenbalg, wer das verbrochen hat! Mutter wie Großmutter Schlampen!«

Im Bad gab es keine Glühbirne, besser gesagt, es gab schon eine, aber durchgebrannt, und Klopapier? Seit wann war das Klopapier aufgebraucht? Seit anno dazumal und Präsidialarsch Gaviria. Und Achtung, wenn sich einer auf die Schüssel setzte: Er stieß sich die Knie an der Wand. Zu gern würde ich Seine Heiligkeit Wojtyla dort sitzen sehen. Oder unter der Dusche, einem bitter, bitter, bitterkalten Rinnsal, das in der gegenüberliegenden Ecke, drei Zentimeter von den eisigen Wänden entfernt, herunterrann. Jetzt stieß man sich nicht nur die Knie, sondern auch die Ellbogen beim Versuch, sich einzuseifen. Aber Seife?

»Darío, verdammt, wo ist die Seife!«

Es gab keine Seife. Weil die aufgebraucht sei. Auch die war aufgebraucht. Alles im Leben braucht sich auf. Und jetzt war er es, der sich aufbrauchte, ohne daß Gott oder sonstwer es hätte verhindern können.

Er setzte sich mühsam in der Hängematte im Garten auf, um mich zu begrüßen, und als ich ihn umarmte, hatte ich das Gefühl, einen Beutel voller Knochen ans Herz zu drücken. Ein Vogel krächzte metallisch schneidend über den Hof: »Gruak! Gruak! Gruak!« Oder so ähnlich, als würde er Blech zersägen.

»Seit Tagen halte ich Ausschau nach ihm«, sagte Darío, »aber ich weiß nicht, wo er ist, er läßt sich nicht blicken.«

Er fliege krächzend vom Mango- zum Pflaumenbaum, vom Pflaumenbaum zur Schlingpflanze, von der Schlingpflanze aufs Dach, ohne daß man ihn zu Gesicht bekam.

»Ich kenne schon sämtliche Vögel, die hier herkommen, bloß den nicht.«

Dabei fällt mir ein, wie ich ein Jahr zuvor mit Papi nebenan in dem gerade fertiggestellten Gebäude war, weil wir uns die Wohnungen ansehen wollten, die man zum Verkauf ausgeschrieben hatte, und daß ich da zum erstenmal unseren kleinen Garten von oben sah: ein grünes Karree voller Leben, wo die Vögel hinkamen. Eines der letzten im Laureles-Viertel, dessen Häuser eines nach dem anderen unter den Schlägen der Spitzhacken fielen, gekauft und abgerissen von der Mafia, die auf den Grundstücken ihre mafiösen Häuser baute.

»Und wem wollen sie die ganzen Wohnungen verkaufen?« fragte ich Papi.

»Gibt niemanden«, antwortete er. »Hier gibt es heutzutage eigentlich nur steinreiche Reiche und bettelarme Arme. Und die Reichen verkaufen nichts, weil die Armen nichts kaufen.«

»Die Armen kaufen nie«, sagte ich. »Die klauen. Die klauen und setzen Kinder in die Welt, damit noch mehr Arme klauen und Kinder in die Welt setzen. Ein Glück für dich, daß du bald stirbst und nicht mit ansehen mußt, wie sie dein Haus abreißen.«

»Ach was! Wer bald stirbt, ist dieses Jahrhundert, das ist schon schwer in die Jahre gekommen. Ich nicht. Ich bringe das Jahrtausend noch unter die Erde und werde hundertfünfzehn. Oder älter.«

»Hundertfünfzehn Jahre lang Schnaps trinken? Das steht keine Leber durch.«

»Klar steht sie das durch! Die Leber ist ein nobles Organ, sie erneuert sich.«

Drei Monate später lag er tot im Bett, weil sich seine Leber eben nicht erneuert hatte. Als würde die sich erneuern! Das einzige, was sich hier erneuert, sind die Hurensöhne in der Regierung. Armer Papi, ich habe ihn so geliebt. Zweiundachtzig gut durchgebetete Jahre ist er alt geworden. Was viel ist, so gesehen, aber anders gesehen wenig. In zweiundachtzig Jahren kann man nicht mal eine Enzyklopädie auswendig lernen.

»Stimmt doch, Darío, oder? Wir müssen durchhalten, wäre doch gelacht, wenn wir dieses Jahrhundert nicht hochkämen, auch wenn das zum Gipfel hin beschwerlich wird. Ist 2000 erst geschafft, geht alles wie von selbst: Wir rollen einfach runter Richtung Ewigkeit. An irgend etwas muß man glauben, und sei's an die Schwerkraft. Ohne Glaube kann man nicht leben.«

Dann, während er sich eine Marihuanazigarette drehte, erzählte er mir, wie das Desaster seinen Lauf genommen hatte. Er hatte kaum ein paar Tage das Medikament geschluckt, das ich ihm aus Mexiko geschickt hatte, da legte er Gewicht zu und bekam wie durch ein Wunder ein volleres Gesicht. Von wegen Wunder! Er pinkelte nicht mehr, und die Flüssigkeit staute sich in seinem Körper an. Nach dem Gesicht fingen die Füße an zu schwellen, und damit steckte die Karre endgültig im Dreck, weil er nicht mehr laufen konnte und nicht mehr hoch in seine Wohnung in Bogotá kam, die den letzten Zacken einer Bergfalte krönte, so wahnwitzig weit oben, daß die Wolken am Himmel mit seinen Marihuanawolken eins wurden. Ich begriff sofort, was passiert war. Das Fluoxymesteron, diese Schweinerei, die ich ihm geschickt hatte, war ein anabolisches Androgen, das an Aidskranken getestet wurde, weil es angeblich den Erschöpfungszuständen entgegenwirkte und den Muskelaufbau förderte. Bei Darío hatte es statt dessen zu einer Hypertrophie der Prostata geführt, die ihm jetzt auf die Harnleiter drückte.

Daher der Flüssigkeitsstau und das Wunder vom rosigen Gesicht.

»Himmel, Darío, die Prostata ist ein saublödes Organ. Krebs beim Mann geht fast immer bei der los, und außer für die Fortpflanzung ist sie zu nichts zu gebrauchen. Man muß sie rausnehmen. Und je früher, desto besser, gleich nach der Geburt, ehe der Hurensohnemann heranreift und sich fortpflanzt. Und wenn man gerade dabei ist, nimmt man ihm gleich noch den Blinddarm und die Mandeln raus. Ohne den ganzen Ballast kann der kleine Engel viel unbeschwerter herumtollen und hat gar nicht die Möglichkeit, das Böse zu tun.«

Und unverzüglich, während er noch seine Marihuanazigarette zusammenklebte und sie sich mit der Selbstverständlichkeit einer täglich die Kommunion empfangenden Betschwester in den Mund steckte, legte ich ihm meinen Plan dar, der aus folgenden genialen fünf Punkten bestand: Erstens, seinen Durchfall mit Sulfaguanidin stoppen, einem Durchfallmedikament für Kühe, das zwar noch nie bei Menschen angewandt worden war, mir aber einfiel, weil der Unterschied zwischen Mensch und Rindvieh unerheblich ist, sieht man davon ab, daß Kühe mit fünf oder sechs Zitzen mehr Milch geben als Frauen mit zwei. Zweitens, ihm die Prostata rausnehmen. Drittens, ihm wieder Fluoxymesteron geben. Viertens, im El Colombiano die allseits bekannte Anzeige »Dank sei dem Heiligen Geist, daß er uns erhört hat« schalten. Und fünftens, zusammen an die Côte d'Azur fahren und die Puppen tanzen lassen.

»Einverstanden?«

Sehr einverstanden. Und als er mir das sagte, verschluckte er sich am Rauch vom vermaledeiten Kraut, dem gesegneten.

»Marihuana ist ein Segen, was, Darío?«

Klar war es das, deshalb war er noch am Leben! Vom Aids verging ihm der Appetit, aber vom Marihuana kam er wieder.

»Mehr rauchen, Mann.«

Papperlapapp. Das brauchte man ihm nicht zu sagen. Mein Bruder war seit mindestens dreißig Jahren überzeugter Kiffer, seit ich ihn mit dem unsäglichen Gewächs bekannt gemacht hatte. Ich selbst hatte mich, weil ich nie etwas durchhalten kann, von Natur aus wankelmütig bin, kurze Zeit später davon verabschiedet. Er nicht. Er frönte ihm zusätzlich zum Schnaps. Was bei ihm zum Kurzschluß führte. Von beiden Teufeln zugleich geritten, lief mein Bruder derart aus der Spur, daß er nur noch Murks machte. Er schmiß Scheiben ein, fuhr Autos zu Schrott, zertrümmerte Fernseher. Er knüppelte sich mit der Polizei, und einmal, während eines Prozesses, als er vor dem Richter stand, nahm er den Richter und warf ihn vom Balkon. Man steckte ihn für ein Weilchen ins Modelo. Wie er dieses Gefängnis überlebte, das in der Tat Modellcharakter hat, und zwar für den Schlachthof, weiß ich nicht. Er redete nicht darüber, er vergaß es. Alles Grauenhafte vergaß er. Das liege in der Familie, sagte er, uns würden angeblich schon mal die Sicherungen durchbrennen.

»Auf Sie mag das zutreffen, werter Bruder. Auf mich nicht, dreimal Holz! Klong klong klong.«

Er lief zu Fuß durch den Amazonasregenwald, mitten durch Guerrillagebiet, mit einem Rucksack voller Schnaps und Marihuana und ohne Ausweis, können Sie sich das vorstellen? Jemanden ohne Ausweis gibt es in Kolumbien nicht. Selbst die Toten haben in Kolumbien einen Ausweis. Und wählen. Seinen Ausweis zu Hause zu lassen, das ist, als würde man seinen Pimmel zu Hause lassen, wer mit zwei Zentigramm Hirn läßt den zu Hause!

»Warum, verdammt noch mal, nimmst du deinen Ausweis nicht mit, ist das zu viel verlangt?«

»Habe keinen, ist mir geklaut worden.«

»Vollidiot!«

Sich in Kolumbien den Ausweis klauen zu lassen ist übler, als die eigene Mutter zu morden.

»Und wenn jemand einen umbringt und hat deinen Ausweis dabei, was dann?«

Ach was, woher, es würde schon keiner umgebracht, ich solle mal mit dem Fatalismus aufhören. Fatalismus! Dieses Wort, wer benutzt das noch, hatten wir von unserer Großmutter. Es kommt aus dem Lateinischen, von »fatum«, Schicksal, was nichts Gutes verheißt. Raquelita, Großmama, wie gut, daß du nicht mehr bist und nicht mit ansehen mußt, wie dein Enkel verfällt!

Er lief also ohne Ausweis durch den Urwald. Wie er ohne Ausweis an den Straßensperren des Militärs vorbeikam, um mitten im Dschungel Marihuana zu rauchen? Weiß der Himmel, auch darüber redete er nicht. Über nichts redete er. Fensterscheiben, die er zertrümmerte, Wohnungen, die er verwüstete, ob die eigene oder fremde, waren stante pede aus seinem Gedächtnis gelöschte Fensterscheiben und Wohnungen. Die Schrecken, die er mir antat, sind ohne Zahl. Kaum hatte mir der hochverehrte Doktor Barraquer die Hornhaut eines Auges transplantiert, zog mir Darío eine Gitarre über den Schädel, daß sich die Netzhaut ablöste. Wie viele Gitarren der in seinem Leben zerschlagen hat! Lied vorbei, Gitarre entzwei. Die wilde Ehe von Marihuana und Schnaps entfesselte bei Darío echte Zerstörungswut. Wie seine Freunde das aushielten? Keine Ahnung. Wie seine Familie das aushielt? Keine Ahnung. Wie ich das aushielt? Keine Ahnung. Keine Ahnung, wie ich das fünfzig Jahre lang ausgehalten habe. Und die Nachbarn, Grundgütiger, die Nachbarn! Er ließ das Wasser laufen, schloß die Wohnungstür dreifach ab, damit ihm auch ja keiner was klaute, und ging für zwei Wochen in den Urwald meditieren. Allen setzte er die Wohnungen unter Wasser: dem Nachbarn von untendrunter, dem von noch eins weiter unten, dem im Erdgeschoß, und das Wasser troff, rann in glasklaren Bächlein die Treppe hinunter, von Stufe zu Stufe und machte plitsch platsch. Plitsch platsch, plitsch platsch... Und ihm hat keiner die Wohnung unter Wasser gesetzt? Doch, wenn es regnete, hat sie ihm der Himmel unter Wasser gesetzt, wegen der Löcher in der Decke, die gleichzeitig das Dach des Hauses war und bereits ein Sieb.

»Darío, laß das Dach abdichten.«

»Da läuft mir keiner drauf rum!« sagte er. Weil wenn da einer drauf rumlaufe, würde das dem Dach schaden.

»Den Dachschaden hast du selber, kein bißchen Verantwortungsgefühl, du Idiot!«

Das Dach von Daríos Wohnung, Turmspitze seines Hauses, zusammen mit den Wolken des Monserrate und dessen segnendem Christus die himmlische Krone von Bogotá, war ein Sieb. Ein feierliches, ein unantastbares Sieb, das ihm, war der Regen vorüber, von den Tauben zugeschissen wurde.

Und die Tür, Grundgütiger, diese Tür mit dem dreifachen Schloß! Die Abendsonne schien darauf, und weil sie aus Metall war, schwoll sie an und ließ sich um nichts in der Welt mehr öffnen. Dann wartete er draußen eine Stunde, zwei Stunden, drei Stunden, daß sie wieder abkühlte und abschwoll. Oder er ging in den Laden zwei Straßen weiter unten (auf die Nachbarn konnte er nicht zählen, die redeten kein Wort mit ihm) und lieh sich einen Eimer mit Wasser. Er ging die zwei Straßen wieder hoch, die fünf Treppen hinauf zu seiner Wohnung und kühlte der Tür die Schwellung mit einem Schwall aus dem Eimer. Und schon bekam man sie auf. Auf? Womit denn? Er hatte die Schüssel unterwegs verloren!

Und wo er zuweilen wegen der Erwärmung der Tür nicht hinein kam und draußen blieb, da kam er zuweilen wegen nämlicher Erwärmung nämlicher Tür nicht hinaus und blieb drinnen. Dann verlor er die Schlüssel drinnen und geriet in einen Zustand der Verzweiflung.

»Wo sind die scheiß Schlüssel!« schrie er verzweifelt. »Die hat doch dieser kleine Gauner mitgenommen, der heute nacht mit dir hier geschlafen hat.«

»Nicht mit mir, mit dir, und hier sind sie«, sagte ich und zeigte ihm den Schlüsselbund zwischen einem Haufen Papier und Unrat.

»Hach!« atmete der neben der Spur Befindliche erleichtert auf.

Wenn ich ihn in Bogotá besuchte, um mich mit eigenen Augen von seiner Genesung und seinen Fortschritten zu überzeugen, schlief ich lieber unter einer Brücke oder im Kanalrohr.

Von seinen Großtaten, von dem Krawall, den er veranstaltete, hörte ich am Ende seines Lebens nur noch das Echo. Daß dein Bruder dies getan hat, jenes getan hat, und man lachte, damit ich nicht aus der Haut fuhr. Ich verzog mich einfach, und das schon seit langem, wenn ich merkte, daß Darío aus dem Ruder zu laufen begann. Da wußte ich, das Monster war nah, der Tornado zog auf, und so schnell würde keiner mich wiedersehen! Und was, wenn er in diesem Zustand, so ganz allein, von Straßenräubern umgebracht wird, vom Militär, von der Guerrilla, der Polizei?

»Sollen sie ihn umbringen, ich zahle die Beerdigung.«

Zu dem Entschluß war ich gekommen, waren wir alle gekommen, und allen voran mein armer Vater, der auch seiner war, der die Geduld mit ihm verlor und nicht mehr mit ihm redete.

Durch sein Verlassen der Umlaufbahn geriet Darío derart in Bedrängnis, daß er sich eines Tages selbst, motu proprio, mit dem Dilemma konfrontierte, welchem Laster er wohl abschwören sollte, dem Schnaps oder dem Marihuana. Und sein Entschluß lautete: Keinem. Und um seinem festen Vorsatz Gewicht zu verleihen, legte er sich noch das Laster zu, das gerade Mode war, das Laster der Kinder, Basuco, was gerauchtes Kokain ist, und das »richtet alles mit Stumpf und Stiel zugrunde«, wie Großmutter zu sagen pflegte, allerdings im Plural und bezogen auf ihre hundertfünfzig Enkelkinder.

Und mit dem Basuco entdeckte er die Basucobabys, von denen er einen verkommenen Kindergarten voll hatte. Das eine oder andere davon bot er mir sogar bei dem einen oder anderen Besuch an, aber ich lehnte ab, weil ich nämlich angeblich nicht mit Leichen ins Bett gehe. Angeblich! Eigentlich habe ich gar nichts gegen tote Tote, solange sie hübsch frisch sind. Sie sind mir sogar lieber als die lebenden Lebenden, die sind mir zu eigenwillig. Ich lehnte einfach ab, weil ich ihm ein Vorbild an Entschlußkraft sein wollte, an Willensstärke.

»Darío, Bruderherz«, redete ich ihm zu, »man muß sich im Leben entscheiden, was einmal aus einem werden soll, ob Kiffer oder Säufer oder Basucoraucher oder schwul oder was. Aber alles zusammen geht nicht. Das nehmen weder der Körper noch die leidgeprüfte Gesellschaft hin. Also entscheide dich für eins und Schluß.«

Er konnte sich nie entscheiden. Ein Laster, das er sich zulegte, war ein Laster, das er pflegte. Alles, was er hatte, brachte er durch, und nichts ließ er übrig für die Würmer. Alles alles alles und nichts nichts nichts. Mit Scheiße bescheiden mußten Gevatterin Tod und ihre Würmer sich, als Darío starb, weil er ihnen nichts übrigließ als einen lausigen Haufen in fleckiges Pergament eingeschlagene Knochen.

»Wie schön, die beiden Brüderchen beisammen zu sehen, und wie sie sich liebhaben!« flötete die Wahnsinnige, die oben an eins der Fenster getreten war.

Indirekt begrüßte sie damit mich, ihren Erstgeborenen, den gerade Eingetroffenen, der sie keiner Floskel würdigte, denn als Papi gestorben war, hatte er sie zusammen mit ihm begraben wie eine treue Hindufrau. Brüderchen! Die sich liebhaben! Als hätte der spalterische Geist dieser Heiligen nicht ein halbes Jahrhundert lang alles darangesetzt, uns auseinanderzubringen, Darío und mich, mich und Darío, die einen und die anderen, alle und alle, indem sie Küchen verdreckte, Papiere verräumte, Kinder in die Welt setzte, Zimmer in Unordnung brachte, alles auf den Kopf stellte, uns herumschickte, uns verhurenbalgte, nach dem Gesetz des Chaos in ihrer putzigen Hölle, wo sie als Königinmutter herrschte, als arbeitsscheue, gebärwütige Bienenkönigin, die sich mit Gelée royale füttern läßt.

Brüderchen! Ihr alten Jammergestalten, das hast du doch sagen wollen, Schlange. Und ich schaute hoch zum Obergeschoß, wo die Schlange war. Sie stand am Fenster der Bibliothek, das zum Garten hinausging, und spähte in die Welt. Seit fünfzehn oder zwanzig Jahren kam sie die Treppe nicht mehr herunter, damit sie nachher nicht wieder hochgehen mußte. Einige Monate zuvor hatte sie von ihrem erhöhten Beobachtungsposten aus gesehen, wie die Bestatter ihren Ehemann mitgenommen hatten, ihr Dienstmädchen, das ihr demnächst den Staub auf Gottes Unendlichkeit zählen würde. Wie lange lebt sie wohl noch, überlegte ich und sah weg. Aber Madame Tod war nicht oben. Sie war unten, bei der Hängematte meines Bruders.

Aber weiter im Text. Oder, besser gesagt, zurück, kommen wir zurück zu den Lastern, ich hätte ja das größte fast übersprungen – das Laster aller Laster, das leitende Laster, das beständige Laster, am Leben zu sein, von dem wir eines Tages alle lassen werden, selbst der Papst. Mal sehen, wer alles zu Ihrer Beerdigung kommt, Eure Heiligkeit, wie viele es werden, nimmt man Priester, Bischöfe und Kardinäle, Schweizer Garde und gemeines Volk zusammen. Zu meiner sollen die Papageien kommen, der Schwarm Papageien soll wiederkommen, der flatternd grün das Blau des Himmels über Santa Anita, dem Landgut meiner Kindheit und meiner Großeltern, durchschnitt und im Chor mit einer einzigen Spottstimme kreischte: »Hoch die große liberale Partei, nieder mit den verhurenbalgten Goten.« Goten, das waren die Konservativen, die Frommtuer, die Beter, und die Liberalen waren wir: die Rebellen und die Huren. Puh, wie lange ist das her, wann war das Pulver verraucht! Von den beiden Parteien, die Kolumbien mit der Machete in Blau und Rot zerteilt haben, sind bloß noch Tote übrig, manche ohne Kopf, andere ohne Zahl. Kopflose Leichen von Konservativen und Liberalen trieben die Flüsse des Vaterlands stromabwärts, an Deck die Geier, die während dieser Fahrt hinab in die Hölle aus Langeweile, um die

Zeit totzuschlagen, weil sonst nichts geboten war, ohne Ansehen von Doktrin oder Parteizugehörigkeit Blauen wie Roten die Eingeweide aus dem Leib hackten. Und keine Menschenseele hätte es mit diesen Flüssen aufgenommen, hätte sich hineingewagt, um die Toten zu bergen. Die Flüsse meiner Kindheit, das waren noch Flüsse. Der Cauca! Der Magdalena! Tosende Flüsse des Zorns, die eine reine Seele hatten und sich Respekt zu verschaffen wußten. Nicht wie diese tuntigen Bächlein von heute mit der Seele eines Kanalrohrs. Wie lange sind sie schon ausgetrocknet, der Cauca, der Magdalena, gestorben, umgebracht durch den Kahlschlag der Wälder und auf der Landkarte ausradiert, wie auch ich auf der Landkarte ausradiert werden soll, aber da irren sie sich, denn die Flüsse mögen vergehen, das Wort bleibt.

Da waren sie also beisammen, die Brüderchen, unterhielten sich in der Hängematte, die zwischen Mango- und Pflaumenbaum im Garten hing, unter einem weißen Laken, das sie vor den Strahlen der Sonne am Himmel schützte, und daneben Gevatterin Tod, gegen die es einen Schutz nicht gibt. Oder doch? Ein Kondom? Ziehen Sie sich für die Kommunion also eins über die Zunge, nicht daß Sie der fromme Priester mit Aids ansteckt, wenn er mit bloßen Fingern von Mund zu Mund das Lamm Gottes verteilt. Münder öffneten sich und Zungen kamen heraus beim Abendmahl in der kleinen Iglesia del Sufragio meiner Erinnerung, wie Hosenställe sich öffneten und Schwänze herauskamen an der Pißrinne im Bordell. Dumme Zungen und Schwänze, die sich zufrieden wieder zurückzogen, und Münder und Hosenställe schlossen sich. Beim Verlassen des Kirchleins der besagten friedlichen Kommunion (damals, in den idyllischen Zeiten meiner fernen Kindheit, als wir in dieser Stadt und auf dieser Welt noch wenige waren) schaffte ein besoffenes Auto unseren Nachbarn Arturo Morales, Versicherungsvertreter bei Seguros Patria, über den Jordan.

»Weißt du noch, Darío?«

Klar wußte er noch. Darío teilte alles mit mir: die Knaben, die Erinnerungen. In keinem Kopf fanden sich so viele geteilte Erinnerungen wie in seinem.

»O Mann, Lebensversicherungen! Das einzig Sichere ist der Tod, Darío. Was möchtest du essen?«

»Kaviar.«

Kaviar in den Tropen!

»Und zu dem Kaviar vielleicht ein Häppchen Räucherlachs?«

Ja, doch, da hätte er Lust drauf.

»Keiner da. In diesem Haus gibt es nicht mal Bohnen.«

Am Ende seines Lebens hatte Darío Gelüste wie eine Schwangere. Er wollte dieses, jenes, das Unmögliche. Wohl weil er wußte, daß es mit ihm zu Ende ging. Ich ging ins Zentrum von Medellín, um etwas für ihn aufzutreiben: gekochte Maisröllchen, fritierte Maisbrötchen. Aber von den Maisröllchen und Maisbrötchen wurde der Durchfall nur schlimmer. Nichts bekam ihm, Darío starb mir weg. Also beschloß ich, die Sache nicht länger aufzuschieben und ihm das Sulfaguanidin für Kühe zusammen mit Weihwasser zu geben. Damit bringe ich ihn um, oder ich rette ihn, dachte ich. Ich habe ihn weder umgebracht noch gerettet. Eine Woche wirkte das Sulfaguanidin, danach setzte der Durchfall wieder ein, den ihm Gott in seiner grenzenlosen Güte geschickt hatte.

Die Sulfaguanidin-Dosis berechnete ich nach Gewicht: Wenn man einer Kuh von fünfhundert Kilo Lebendgewicht so viel gibt, wieviel muß man dann einer dreißig

Kilo schweren Leiche geben? So viel. Und das gab ich ihm, zwei- oder dreimal täglich. Das Anfangsresultat war überwältigend. Der Durchfall hörte schlagartig auf. Nachdem ihn Monat für Monat niemand hatte stoppen können!

»Hab ich euch nicht gesagt, hab ich euch nicht gesagt«, triumphierte und malträtierte ich (die Sprache, wo doch das »es« unabdingbar ist und Kolumbien ein Land von Grammatikern).

Sie trauten ihren Augen nicht. War das reine Wissenschaft oder Teufelswerk? In seinem dankbaren Erstaunen schickte mein Bruder Carlos nach einer Abordnung von Medizinern, die kamen, um das Wunder zu schauen.

»Meine hochverehrten Herren Doktoren, wie Sie wissen (was sollen diese Widerlinge bitte wissen, für die ein Fötus eine »Frucht« ist, als wären Mütter Obstplantagen), wird Durchfall bei Aidskranken durch das Virus selbst verursacht, gegen das es kein Mittel gibt, oder aber durch Cryptosporidien, die als eine Begleiterscheinung auftreten und gegen die es ebenfalls kein Mittel gibt. Bisher ist noch jede Behandlung mit Antibiotika oder antiparasitären Wirkstoffen gegen Cryptosporidiosis fehlgeschlagen. Sulfaguanidin wurde an Menschen noch nicht erprobt, denn dabei handelt es sich um ein Medikament für Rinder, und der Mensch ist ein Tier höherer Ordnung. Hier nun der Beweis, daß es auch für die menschliche Spezies taugt: Drei Monate nicht zu bremsender Durchfall, und nun sehen Sie selbst.«

»Mal sehen, Darío, jetzt heben wir schön den Arm. Den anderen«, als hätte er Parkinson. »Jetzt strecken wir die Zunge heraus. Wieder hinein damit.«

Und die fünf fassungslosen Ärzte sahen sich Darío an, sahen mich an. Daran gewöhnt, nicht zu heilen, sondern sterben zu sehen, gingen ihre ungläubigen Blicke mit eingeklemmtem Schwanz vom einen zum andern. Ob ich denn Arzt sei.

»So gut wie, Herr Doktor. Ich sitze auf meinem Teppich draußen auf der Straße und schreibe Rezepte.«

Das sei ja schön und gut, man wisse ja nicht, man müsse erst abwarten. Die Heilung eines einzigen Patienten sei nichts als ein »irrelevanter Einzelfall«, das sei keine Wissenschaft. Wissenschaft, dafür müsse man erst einmal für mindestens tausend Patienten mit Durchfall und Aids ein Double-blind-Protokoll erstellen.

»Doppelblind kriegen Sie bei mir, Herr Doktor, mir ist in jedes Auge die Hornhaut eines Killers transplantiert worden, und jetzt sehe ich überall Polizei und halluziniere davon, wie ich Ärzte umbringe.«

Meine tiefe Überzeugung, daß Sulfaguanidin bei Aidskranken gegen Cryptosporidiosis helfe, und der fulminante Erfolg damit bei meinem Bruder trafen auf ein Bollwerk aus Skepsis und Kleingläubigkeit. Die Rotte promovierter Scharlatane weigerte sich anzuerkennen, daß ihnen ein Gelehrter ohne Diplom den Rang ablief: ich.

»Soso, Sie sind also einer von diesen Möchtegern-Ärzten auf der Straße!« sagte einer der fünf Hornochsen, sehr witzig.

»Genau, Herr Doktor, Sie sagen es. Und falls Ihre Frau Gemahlin einmal in Nöten ist, ob nun mit Syphilis oder Tripper, ich bin allzeit für sie da und schreibe ihr etwas auf.«

Ärzte können mich nicht ausstehen, keine Ahnung warum. Vielleicht weil ich ihren Titel nicht ungeprüft hinnehme.

»Herr Doktor, diese Cryptosporidien«, sagte ich wie nebenbei, wie ein doppelblinder Christenmensch, dem das Glauben zur zweiten Natur geworden ist, »sind das Bakterien?«

»Selbstverständlich!«

»Nein, eben nicht selbstverständlich. Es sind Protozoen. Das heißt, sie sind tausendmal größer. So schnukkelig groß, daß man ihnen mit dem Messer den Bauch aufschlitzen kann.«

Meinen Harmonielehrer Roberto Pineda Duque, der taub war wie Beethoven, aber nicht nur auf den Ohren, sondern auch auf der Seele, hatte ich als Kind ebenfalls genauer geprüft:

»Schließen Sie mal die Augen, Don Roberto, und sagen Sie mir, welcher Ton das ist«, und ich spielte ihm ein D vor.

»Ein C.«

»Nein, Don Roberto, ein D.«

»Das Harmonium muß verstimmt sein.«

Wer da verstimmt war, war er selber, seine Seele. Er hatte zehn Symphonien geschrieben, fünf symphonische Gedichte, feierliche Messen, Capriccios, Konzerte für Violine und Klavier, Sonaten, Tokkaten, Grollaten. Aber sein Opus magnum war die Kantate »Œdipus Rex«, ein Meisterwerk, summa cum laude, wie es seinesgleichen sucht, für berliozianisches Orchester und einen Chor mit hundertfünfzig Stimmen, die polyphon durcheinanderquakten, und mit einem Ödipus, der mindestens so blind war wie Don Roberto taub. Als Don Roberto starb, fand in seinem Dorf Santuario eine Gedenkfeier für ihn statt, und wissen Sie, was man für ihn spielte? Mozarts Requiem spielte man für ihn! Das ist doch, als würde einer bei José Luis Cuevas, dem mexikanischen Ingres, einbrechen und statt seiner Bilder einen Botero mitnehmen!

»Soviel ist sicher, Dario«, sagte ich (als die Rotte Gelehrter gegangen war und er und ich die Hängematte wieder für uns hatten), »dieses Aids, das hast du von einem Priester. Denk nach, ob du nicht aus lauter Langweile zur Kommunion in der Kirche warst.«

Nein, ausgeschlossen, er sei schon ewig nicht mehr an solch heiliger Stätte gewesen.

»Dann trink jetzt dieses heiße Hühnerbrühchen mit den kleinen Hühnerstückchen.«

Und ich rückte eine Bank zu ihm, auf die ich die duftende, dampfende Brühe gestellt hatte, Tote hätte die aufgeweckt. Er nahm zwei oder drei Löffel, die ich ihm fütterte wie einem Kleinkind, weil er so geschwächt war, daß er die Tasse nicht halten konnte. Alles in allem aß er drei Löffel, mehr nicht, das war's, mehr wolle er nicht. Also verabreichte ich ihm Vitamine, Hormone, Arnika, was auch immer, Aspirin plus Koffein, nichts half. Und so gab ich ihn in Gottes Hand und drehte ihm als letztes Mittel eine Marihuanazigarette, vielleicht würde ihm ja das qualmende Kraut den Appetit zurückgeben.

»Nicht so, du Pfeife«, sagte er und nahm sie mir ab.

Er wickelte die Mischung, die ich unbeholfen eingewickelt hatte, wieder aus und rollte sie auf seine Art, sagenhaft fingerfertig und so rasant wie der Kassierer einer Bank, der die Millionen zählt.

»So, lern's endlich«, sagte er.

Noch eben konnte er die Tasse nicht halten, woher nun plötzlich diese Vitalität? Er zog ein paarmal an der ungehörig dicken Zigarette und hielt sie mir hin.

»Nein, das trübt mein Bewußtsein, und das war klar heute morgen.«

Klar wie der Himmel über Bogotá nach dem Regen, weißt du noch, Darío? Er würde nie nach Bogotá zurückkehren. Bald schon würde er in diesem Haus in Medellín sterben, in einem der oberen Zimmer, über dem Innenhof. Nur weiß ich nicht, in welchem davon er, mit Morphium vollgepumpt, starb. Da war ich schon nicht mehr da, hatte dieses Haus, die Stadt, die Welt Richtung Galaxien auf Nimmerwiedersehen verlassen.

Das Marihuana brachte ihm, wie gesagt, den Appetit zurück, aber immer weniger und weniger. Und eines Tages, als die Dinge nicht schlechter hätten stehen können und der Durchfall wieder losging, weil das Sulfaguanidin nicht mehr wirkte (wie hätte es auch wirken sollen, wo die Ärzte derart geunkt hatten!), kam er mir damit, daß er das Marihuana lassen wolle, daß er nicht mehr rauchen würde.

»Herrgott, Darío«, bekniete ich ihn, »ein Leben lang habe ich auf dich eingeredet, daß du diese idiotische Raucherei aufgibst, und nie hast du auf mich gehört, und jetzt will ich bloß, daß du sie nicht aufgibst, und du kommst mir so. Das ist das einzige, wovon du ein bißchen Appetit bekommst, geht das nicht in deinen Schädel! Das einzige einzige einzige!«

Und in meiner Verzweiflung schickte ich die Hühner- oder Sonstwasbrühe mit einem Fluch und Fußtritt zum Teufel. Er lachte. Und von dem Lachen hellte sich sein Gesicht auf, was übrig war von seinem Gesicht. Ich hätte nie gedacht, daß Gevatterin Tod lachen könnte. Da war sie, lachend, wurde in der Hängematte eins mit ihm.

Mein Bruder war das wandelnde Trotzprinzip. Dieses unter den Menschen und vor allem unter den Rendóns, was die Familie der Wahnsinnigen ist, weit verbreitete Prinzip nahm bei ihm in Reinform Gestalt an. Denken Sie sich einen grünen Smaragd von reinem, reinem, sprenkellos grünem Grün, wie er im Kokaland geschürft wird.

»Ich laß mich von niemandem lenken«, brüllte er und

zerschlug völlig außer sich Stühle, Tische, Wohnungseinrichtungen, wie besessen vom Geist des Tornados, wo's die in Kolumbien doch gar nicht gibt.

»Kein Mensch will dich lenken, Darío«, redete ich beschwichtigend auf ihn ein.

»Oder bist du etwa ein Auto, ein Traktor?« fügte ich unvorsichtigerweise hinzu.

»Ich bin kein Traktor und auch kein Auto!« schrie er wutentbrannt. »Ich bin ein verfluchtes Stück Scheiße!«

Und er nahm neue Fahrt auf, worauf der Tornado erst richtig loswirbelte.

Ohne Marihuana und Schnaps war er fügsam und hold wie ein Palmzweig an Palmsonntag. Bloß war er ohne Marihuana und Schnaps nicht er selber, sondern sein Schutzengel: flüchtig, flatterhaft, kurzlebig. Er lief rauchgeschwängert durch den Amazonasurwald oder die Felder der Sabana mit einer kleinen Flasche Schnaps, einer Halben, in der Tasche am Hosenboden, hatte im Rucksack allerdings mehr davon, als Reserve für den Fall, daß die am Hintern sich in Luft auflöste. Voller Zuversicht kaufte er Halbe, damit er sich die Sauferei nicht mit ganzen angewöhnte. Eine nach der anderen trank sein Schutzengel die Halben leer, und wo wir mit Doktor Jekyll begonnen hatten, endeten wir mit Mister Hyde.

»Ein Schlückchen?« bot er mir an.

»Nein, Darío, von diesem Anisgeschmack muß ich brechen. Für mich schmeckt das nach Säufer, nach Mörder, nach Kolumbien.«

Und ich lehnte ab. Von unserem Einverständnis als Zwanzigjährige war seit langem nichts mehr übrig. Und ich könnte nicht sagen warum. Ist wohl das Leben, das nichts übrig läßt.

Ach, die Rendóns, was wir unter denen in erster und

zweiter Generation zu leiden hatten! Die Rendóns sind wahnsinnig. Wahnsinnig und dumm. Dumm und jähzornig. Trotzdem läßt man sie frei herumlaufen im Land der vielen Gesetze, wo kein Gesetz einem verbietet, sich fortzupflanzen. Mit der genetischen Gesetzgebung ist es bei uns nicht weit her, das reinste Manchestertum. Nach meiner Schätzung sind von den hunderttausend Genen des Homo sapiens bei den Rendóns mindestens tausendfünfhundert falsch gepolt, und die haben etwas mit dem Gehirn zu tun. Ein Beispiel: mein Cousin Gonzalito, Gonzalito Rendón Rendón, eine Furie. Das »ito« ist ihm seit langem abhanden gekommen, aber so erinnere ich mich an ihn, wie er als Kind von kosmischer Demenz befallen wurde, wenn man »Mayiya« zu ihm sagte.

»Mayiya!« riefen wir. »Wilde Mayiya!«

Und das Kind raste los, die Veranda von Santa Anita entlang, und knallte vor einigen entgeisterten Azaleen seinen Kopf gegen den Fußboden. Klong! Klong! Klong! gegen die harten, kalten Fliesen.

Warum dieser Tobsuchtsanfall, so ein Wirbel wegen solch einer Nichtigkeit? Was war denn so schlimm an dem Kosenamen? Das weibliche »a« am Ende? Aber »Sascha« ist doch ein russischer Männername und endet ebenfalls auf »a«, und nur weil man zu einem russischen Knirps »Sascha« sagt, haut der sich doch nicht die Birne zu Kompott. Ob er das auch macht, wenn man den Diminutiv nimmt? Also mal ausprobiert:

»Mayiyita! Wilde Mayiyita!«

Durch den Diminutiv verhundertfachte sich der Jähzorn. Klong! Klong! Klong! Klong! Klong! Klong! Klong! Und diese vier Jahre alte Furie setzte zu einem Crescendo beethovenscher Paukenwirbel mit dem Kopf an. Die Erde hallte wider.

Weil seine ohnmächtige Kinderwut uns nicht erreichen konnte (mit einem Metzgermesser beispielsweise, um uns die Kehle durchzuschneiden), hatte Gonzalito Rendón Rendón etwas von einem Skorpion im Feuerkreis, der nicht weiß wohin und seinen Stachel gegen sich selbst und Gottes Gesetze richtet und sich das Gift durch den Panzer jagt, wie er da seinen Kopf gegen die harten und kalten Fließen von Santa Anita schlug, das harte, harte, irre, irre Köpfchen. Dann riefen wir:

»Mayiya Skorpion!«

Und der beethovensche Paukenwirbel erreichte einen neuen Höhepunkt! Auf der Stirn sprossen dem Kleinen gewaltige Beulen wie einem gehörnten Ehemann.

»Gehörnte Mayiya!«

Und grüner Geifer trat ihm vor den Mund. Da haben Sie nun mein Porträt eines Rendón in voller Aktion. Ich dagegen habe mir, soweit ich mich erinnere, niemals, nie und nimmer den Kopf gegen den Fußboden gehauen. Wohl weil ich den Rendón an zweiter Stelle im Namen trage, verdünnt.

Noch ein Beispiel für die Rendóns: Argemiro, ein Onkel mütterlicherseits, der in einer einzigen frommen Frau neununddreißig zuchtfähige Sprößlinge zeugte: Zwillinge, Drillinge, Vierlinge ... Jede Geburt war für ihn ein Lotteriegewinn bei der Kinderziehung. Warum auch nicht, auf einem unbewohnten Planeten, wo es vor allem an Menschen mangelt!

»Eins, zwei, drei, vier, fünf«, zählte Argemiro mit, während aus seiner Frau die Fünflinge drängten.

Er war eine Seele von Mensch. Eine wutschnaubende Seele von Mensch. Mitten in der Nacht, wenn alle schliefen, erhob sich das Monster in ihm und malträtierte die Türen mit Fußtritten. Klong! Klong! Klong! dröhnten die Tritte. Und wenn die armen fünfunddreißig Kinder und seine Frau hochschreckten, ihnen fast das Herz stehenblieb, dann brüllte Argemiro:

»Nur daß ihr's wißt, hier bin ich!«

Die Türen in Argemiros Haus waren sämtlich kaputt, zersplittert auf der Höhe seiner wütenden Tritte.

Die Schwester dieser Furie ist die Wahnsinnige, von der hier die Rede ist, eine unberechenbare, herrische, jähzornige Frau, die uns verhurenbalgte.

»Hurenbälger!« nannte sie uns, wenn sie vor Wut nicht mehr aus noch ein wußte.

Zu den eigenen Kindern »Hurenbälger« sagen, halten Sie das nicht auch für das höchste der Gefühle bei einer Mutter? Jeder einigermaßen ausgeglichenen Frau müßte klar sein, daß sich dieser Bumerang gegen sie selbst wenden wird. Ach, hätten wir wenigstens dieses »einigermaßen« gehabt oder irgendein anderes Mäßigung verheißendes Adverb, aber nichts.

Gestatten Sie mir, kurz zurückzukehren zu einer Stelle ohne Untiefen, zu der knappen Woche, in der das Sulfaguanidin wirkte und ich mir die Lippen leckte und meinen Triumph auskosten konnte. Mein Tag begann so: Über die Hintertreppe (sehr steil) half ich Darío aus seinem Zimmer in den Garten, stützte ihn von Stufe zu Stufe, nicht daß er mir hin- oder auseinanderfiele. Und wir richteten uns in der trauten Hängematte ein. Also, er in der Hängematte und ich auf einem Stuhl mit einem Beistelltisch daneben, auf dem ich das Marihuana ausbreitete, aus dem ich die Samen pulte, die ich in den Garten warf.

»Falls die Polizei uns hier sucht, finden sie einen Dschungel«, sagte ich zu Darío, weiter konzentriert pulend.

Genau. Einen Dschungel aus diesen grünen, schamlosen Gewächsen mit den lanzettförmigen, gezahnten Blättern. Aber warum sollte die Polizei nach uns suchen?

»Na ja, ich meine nur so. Ich habe Schuldgefühle, seit ich in die Welt geraten bin. Weil es keine Unschuldigen gibt, Darío, weil wir alle schuldig sind.«

Und damit wären wir bei einem fundamentalen Unterschied zwischen ihm und mir. Daß ich nämlich vage Gewissensbisse hatte und er überhaupt nicht. Hatte eben kein Gewissen! Man kann einfach keine Gewissensbisse haben ohne Gewissen. Dazu bedarf es der tätigen Materie. Darío war sein Gewissen restlos los. Schon vor langer Zeit hatte er diesen Ballast in den Straßengraben geworfen, wenn er mit seinem schrottreifen Studebaker in einer Staubwolke von Schlagloch zu Schlagloch bretterte, während zu beiden Seiten des Sträßchens, das verschlungen war wie seine Absichten, Hühner und schwangere Frauen in Pfützen sprangen.

»Haben wir die Tante erwischt oder was?«

»Gut möglich oder auch nicht. Zuviel Staub, um was zu sehen. Fahr zu.«

Und wir fuhren zu, wie wir gekommen waren, bretternd, was die Bretter hielten.

»Das weißt du doch noch, Darío, oder?«

Und wie er das noch wußte! Deshalb kann ich hier behaupten, daß nichts verlorengegangen wäre, wenn ich der Tote gewesen wäre und nicht er, denn die Hälfte meiner Erinnerungen, die besseren, waren auch seine, die schönsten. Der Tick mit den Schwangeren war meiner, hätte aber ebensogut seiner sein können, denn wenn ich eine sah und sagte: »Gib Gas, Darío, sieh zu, daß du sie kriegst«, gab er Gas und sah zu, daß er sie kriegte.

Sein Gewissen los zu sein oder erst gar keins zu haben

ist Conditio sine qua non für das Glück. Man kann nicht glücklich sein und mit dem Nächsten leiden. Soll der Papst leiden, dafür ist er da: gut genährt, gut bedient, gut abgefüllt und umgeben von den schönsten Schweizer Garden und Kunstwerken, mit Michelangelo oben an der Decke, über dem Baldachin des Betts. Wer wollte das nicht! Warum sind wir bloß in Kolumbien alle scharf aufs Präsidentenamt, warum nicht besser Päpste werden?

»Mehr rauchen, Darío, nur zu. Rauch dich satt, und wenn du delirieren willst, delirier, ich folge dir wohin auch immer, soweit ich kann, bis auf den Grund der Schlucht, wo die Hölle anfängt.«

Und recht hatte ich. Bis auf den Grund einer Schlucht war ich ihm schon gefolgt im Studebaker, als ihm eines Nachts in einer Kurve die Hand müde wurde. Aber bis in die Hölle noch nicht, und dort ist er jetzt und ich hier bei dieser Zeile und dem verzweifelten Versuch, ein elendes Knäuel von Erinnerungen zu retten.

Den Test, ob wir zwischen all der abseitigen Flora und Fauna in unserem Blutstrom auch das hinterhältige Aidstierchen trugen, machten wir gemeinsam am Vorabend einer meiner Reisen nach Mexiko, einer der vielen, die ich zwischen dem Land des Koks und dem Land der Lüge unternommen habe und aus denen mein Leben seit langem besteht, von hier nach dort, von dort nach da, wie ein Pingpongball im Spiel meines Schicksals gegen sich selbst. Wir machten den Test, und ich reiste ab und vergaß die Sache. Ich weiß noch, daß er mich wie so oft zum Flughafen begleitete.

»Keine Dummheiten, was?« sagte er zu mir oder ich zu ihm, als wir uns verabschiedeten, er sich von mir oder ich mich von ihm, einerlei, wo wir uns sowieso nicht darum scheren würden! Während mich eine wildgewordene Schönheit hier erstechen wollte, wollte ihn eine wildgewordene Schönheit dort erstechen.

Mit meiner Schönheit war das so: Nackt und höchst erigiert stand der kleine Engel vom Bett auf und zog aus dem Rucksack, den er angeblich wegen der Sachen für das Sportstudio dabeihatte, ein garstiges, grimmiges, geschliffenes Metzgermesser. Ich stürzte zu meinen Kleidern und damit aus dem Zimmer, stolperte die Treppe hinunter und versuchte mich anzuziehen (in vollem Lauf, nicht daß mich der Leser in so einem Aufzug ertappt). Und er stolperte hinter mir her, vollkommen außer sich und das fiese Messer schwingend. So kamen wir an der Rezeption des Hotels vorbei, und ich lief halb bekleidet hinaus auf die Straße. Er kam nur bis zum Eingang und bremste dort scharf, weil heller Tag war. Warum bloß habe ich kein Foto von ihm gemacht, wie er und seine beiden blankgezogenen Waffen da standen, was für ein Pose, zu gern hätte ich das César Gaviria in die OAS geschickt!

Das mit Daríos Schönheit war gravierender, denn die hätte mit dem Messer um ein Haar sein Herz erwischt – das Brustbein oder eine Rippe waren im Weg. Wie ich davon erfahren habe? Warten Sie's ab. Wir schlendern über die Carrera Séptima in Bogotá, nicht bei der Rückkehr, von der ich gerade berichtet habe, sondern bei einer späteren, und auf der Höhe der Terraza Pasteur, dem Abschleppunkt für Soldaten und Gelichter und Tag für Tag Pflichtstation auf unserem täglichen Kreuzweg, treffen wir seine Schönheit. Und da sagt Darío doch:

»Umbringen wolltest du mich, du Hurenbalg.«

Der Junge schlug die Augen nieder und gab meinem Bruder folgende rührende Erklärung ab: daß ihn Daríos Marihuana ganz durcheinander im Kopf gemacht habe, weil er nämlich seit einem Jahr bei der Armee sei und da nichts geraucht habe. Es handelte sich also, wie man so sagt, wie ich jetzt sage, schlicht um eine Spätfolge der Entzugserscheinungen.

»Aha...«, war alles, was Darío dazu einfiel, und mir klappte der Mund auf.

Im Weitergehen erzählte mir Darío, er sei mit dem Jungen hin und wieder bei sich zu Hause in einer Marihuanawolke zum Himmel geschwebt, und alles sei immer gut gelaufen bis auf dieses eine Mal, als sie sich nach einem Jahr, in dem der Ärmste nicht vom unsäglichen Gewächs gekostet hatte, wiedersahen und der Killer, als er wieder davon kostete, den Verstand verlor, sich das Messer aus der Küche griff, aus der Küche seines eigenen Opfers, und einfach über ihn herfiel, so entblößt an Leib und Seele, wie sie beide waren. Nachdem der Stich nicht gesessen hatte, konnte Darío, der damals ins Studio ging und in Bestform war, den Jungen überwältigen, nahm ihm das Messer ab und beförderte ihn splitternackt ins Treppenhaus. Dann warf er ihm die Kleider aus dem Fenster auf die Straße. Mitten auf der Straße, mitten ihm gaffenden La Perseverancia-Viertel, zog er sich an, der kleine Engel mit dem fast kahlgeschorenen Soldatenköpfchen, das mir so gut gefällt oder, besser gesagt, gefiel, uns beiden so gut gefiel in illo tempore.

»Siehst du, hier, gleich neben dem Herzen?«

Und das Hemd öffnend, zeigte mir Darío die Narbe von dem Messerstich.

»Nimm's leicht, Darío«, sagte ich, »so was ist nicht der Rede wert, Kindereien, und vergiß es, so ist das Leben, es geht nicht ohne Schrammen ab.«

Außerdem, sage ich jetzt, wozu hat man einen Brustkorb!

Am Tag nach dem Attentat bekam er die Ergebnisse des Tests: Aids.

Gegen fünf Uhr morgens klingelte das Telefon, und in diesem fernen, fremden Land nahm ich ab. Er war dran und wollte mir erklären, daß man ihm die Testergebnisse schon mitgeteilt hatte.

»Welche Testergebnisse?« fragte ich.

»Von dem Aidstest, den wir gemacht haben, du Pfeife.«

»Ach so...«, und da fiel mir wieder ein, daß wir zehn Tage zuvor in Bogotá in ein Labor gegangen waren, um den Test zu machen. »Und was ist rausgekommen?«

»Deiner negativ und meiner positiv.«

In diesem Augenblick betete ich zu Gott, daß sich der Laborangestellte geirrt hatte, daß er die Ampullen vertauscht hatte und das Ergebnis anders lautete, meins positiv und seins negativ. Aber nein, Gott gibt es nicht, und zum Beweis die Tatsache, daß Darío tot ist und ich hier weiter an ihn denke. Im übrigen, wäre ich der Aidskranke gewesen und er gesund, ich schwöre bei Gott, der mich hört, Darío hätte mich mit einem Tritt in den Arsch auf die Straße gesetzt. So war er, mein Bruder, auf seine Verantwortungslosigkeit war Verlaß.

Vier Jahre sind seit dem Test vergangen, und da sitzen wir nun im Garten dieses Hauses traut in der Hängematte und lassen alles Revue passieren, kramen in unseren Köpfen, wer ihn angesteckt haben könnte, denn es ist doch nur menschlich, daß man wissen will, wer einen umgebracht hat. Da die Kommunion als mögliche Quelle der Ansteckung ausgeschlossen werden konnte, blieben die Parias von der Terraza Pasteur in der Carrera Séptima in Bogotá, Kolumbien, Mars. Aber welcher davon? Wer von den zehn oder tausend oder zehntausend?

»Wer denn jetzt, Darío? Denk nach jetzt.«

»Mmmm«, machte er mit einem »M«, wie ich es hingeschrieben habe und das heißen sollte: Weiß nicht.

Was sollte diese wandelnde Verantwortungslosigkeit auch wissen! Er starb, ohne zu wissen, wer ihn umgebracht hatte.

Ich dagegen bekomme kein Aids, ich stecke mich nicht an, weil Aids sich nicht durch die Augen überträgt. Andernfalls wäre es schon vorbei mit der Menschheit.

Ach Darío, was du mir immer antust, mir wegzusterben, wo ich gerade eine so schwierige Zeit durchmache. Hättest du nicht noch ein Weilchen warten können?

Nein, Darío wollte alles sofort, unverzüglich, stante pede.

Daß ich mit einem Mal so von hinten nach vorne schreibe, mit der Machete in den Absätzen wüte und die Sätze zerhacke, daran ist Vargas Vila schuld, das ist der schlechte Einfluß dieses kolumbianischen Schriftstellers vom Mars, der Psalmen geschrieben hat, allerdings, sonderbar das, nicht um den Herrn zu beweihräuchern, sondern um den Nächsten aufzuwiegeln. Vargas Vila war ein verkappter Schwuler, auch wenn in seinen Büchern nur Sex mit Frauen vorkommt. Ein Wetterfähnchen. Ein warmes Wetterfähnchen. Aber zurück in den Garten.

Im Garten meines Ex-Zuhauses wuchert eine stattliche Schlingpflanze über zwei Mauern. Als ich nach Kolumbien zurückkam, weil Darío starb, brachte ich ihm aus Mexiko ein Medikament mit, ein pflanzliches Wundermittel aus Brasilien, das dort verkauft wird, kaum zu kriegen und arschteuer ist, aber alles heilt und »Katzenkralle« heißt. Sie heilt Krebs, Aids, systemischen Lupus Erythematodes und Korruption im Amt, die auch in der Tat bereits abnimmt. Sie wird zerstoßen in winzigen

Kapseln verkauft, und ein Gramm davon ist mehr wert als dieselbe Menge Kokain oder Safran.

»Und was soll das sein?« fragte mich Darío, als ich ihn dazu bewegen wollte, daß er die erste Kapsel schluckte.

»Katzenkralle«, sagte ich und erklärte ihm, was sie kostete und welche vorzüglichen Heilkräfte ihr innewohnten.

»Das da ist Katzenkralle«, und er zeigte auf die wuchernde Schlingpflanze. »Taugt nicht mal als Mäusefutter, die Ärmsten sterben hier an Auszehrung.«

»Ach Darío, so was aber auch, da ist man dem Himmel so nah und verzehrt sich nach ihm!«

Da hörte er wieder das »Gruak Gruak« des Vogels. Ob ich das hörte.

»Nein. Ich höre die Autos draußen hupen.«

»Hör hin.«

Aber so viel ich auch hinhörte, den unsichtbaren Vogel hörte ich nicht. Für mich war er obendrein stumm.

»Du mußt ihn einfach hören. Er ruft mordslaut. So: ›Gruak, gruak, gruak, gruak ...‹«

»Ehrlich, ich höre ihn nicht.«

Dann ging aus heiterem Himmel der Wolkenbruch nieder. Einer dieser Medelliner Marswolkenbrüche, bei denen es Steine regnet. Statt mit Tropfen wirft der Himmel dort mit Steinen, und der Hagel zerschlägt Ziegel und fügt den Menschenkindern Platzwunden am Kopf zu. Früher gab es gegen so etwas Vordächer. Mittlerweile nicht mehr, denn die Menschheit macht Fortschritte, und wenn die Menschheit Fortschritte macht, geht es rückwärts. Ich half Darío aus der Hängematte und räumte eilig den ganzen Kladderadatsch zusammen. Als Darío ein paar Schritte tat, um sich ins Trockene zu flüchten, fiel er hin und kam nicht wieder auf die Füße. Was ich in der Hand hatte, ein paar Teller, ließ ich fallen und rannte zu ihm, um ihm zu helfen. Er wog nichts, er verschwand mir. Von meinem Bruder Darío, der mich so viele Jahre lang begleitet hatte, der mir beim Leben geholfen hatte, war nur noch der Geist übrig, ein wirrer Geist. Und die Knochen.

Vier Jahre lagen zwischen dem Testergebnis und dem, wie es jetzt war. Aber nach meinen Berechnungen mußte er sich schon früher angesteckt haben, denn er hatte schon lange vorher Gewicht verloren und deshalb hatte ich ihn gedrängt, den Test zu machen. Ein quacksalbernder Freund von ihm hatte Hypoglykämie bei ihm diagnostiziert, was sich sehr gut, sehr gelehrt, anhört, aber Hypoglykämie ist keine Krankheit, sondern ein vorübergehender Zustand. Was mein Bruder hatte, war Aids im Anfangsstadium, und er war weiß Gott wie lang schon damit angesteckt.

»Bestimmt seit sie dir die Syphilis angehängt haben, Darío.«

»Welche Syphilis?«

»Von der ich dich geheilt habe.«

»Erinnere ich mich nicht dran.«

»Ich erinnere mich aber dran. In meiner Computerbirne ist deine vollständige Krankenakte gespeichert, hübsch zusammengefaßt. Mit der Syphilis bist du auch zu dem Virus gekommen, das war eine gemischte, promiske Infektion aufgrund haltloser Promiskuität. Aber sei's drum, ich mache dir keine Vorwürfe, ich gebe nur einen Kommentar ab. Aus rein wissenschaftlichem Interesse.«

Alles Märchen. Die Wissenschaft interessiert mich nicht die Bohne. Wo wir mit oder ohne Wissenschaft sterben... Was sollen da zwei oder drei oder vier Jahre ausmachen... Wie gut, daß Darío starb und damit um die Erderwärmung herumkam.

Daß Darío bestens in Form war, als der kleine Soldat ihn umbringen wollte, das war vorhin nur so gesagt und entspricht bloß näherungsweise den Tatsachen. Er hatte bereits Gewicht verloren, und deshalb ging er ins Studio. Und er verlor nicht wegen irgendeiner Hypoglykämie Gewicht, sondern weil er Aids hatte. Das war bei ihm das erste Anzeichen für die Krankheit. Später konnte jeder, der ihn einige Monate nicht gesehen hatte, beim Wiedersehen eine undefinierbare Veränderung in seinem Gesicht bemerken. Eine Farbe wie von Asche oder Kupfer. Die Färbung des Todes! Eine feiste und schlechte Bekannte von uns, der wir einmal in einem Fahrstuhl begegneten, als sie hinein und wir hinaus wollten, begrüßte ihn wortwörtlich und exakt mit diesen Worten, die mich anscheinend bis ins Grab begleiten werden:

»Darío, was ist denn mit dir los!«

Er starb an Aids, das war los mit ihm, blöde Kuh!

Und dasselbe und mit ähnlichen Worten fragten sie bei mir daheim:

»Was ist denn mit Darío, der ist ja so dünn?« wollte die Wahnsinnige von mir wissen.

»Kommt vom Marihuana, da nimmt er nicht zu«, behauptete ich.

»Und warum kann er es nicht lassen?«

»Eher würde Papi von dir lassen. Das ist auch so ein Bund fürs Leben, noch so eine Hölle.«

Und recht hatte ich. Die Ehe meines Vaters mit der Wahnsinnigen war eine Hölle, auch wenn sie als Himmel daherkam. Und ich sage hier und stelle fest und wiederhole, was ich immer gesagt und festgestellt und wiederholt habe, daß die schlimmste Hölle die ist, die man nicht wahrzunehmen vermag, weil einem wie einem Packtier die Augen verbunden sind. Papi trug dicke, schwarze, undurchdringliche Scheuklappen über den Augen, die er sich nie von mir abnehmen ließ.

»Laß die Alte sitzen und brenn mit einer Zwanzigjährigen durch. Oder mit zwei«, riet ich ihm. »Ich vermähle dich mit beiden, ich gebe dir meinen Segen. Gehe hin in Frieden, Vater, werde glücklich, und wenn die zwei Hürchen nicht taugen, tausch sie aus, Mädchen hat es mehr als genug auf der Welt, und leichte sowieso.«

Nichts zu machen, er hatte ein sinnvernebelndes Glück als Klotz am Bein. Einen Klotz, der angeblich »Liebe« war. Über die Wahnsinnige wiederum weiß ich, daß sie ihn aus den Tiefen ihres vergifteten Herzens heraus, wenngleich still bei sich und nicht ausdrücklich wie uns, und Gott weiß das, denn Gott hat es gesehen, und auch wenn Gott nicht hört, so sieht er doch, sah er, hat gesehen, daß sie ihn aus tiefstem Herzen verhurenbalgte. Entschuldigen Sie das Wort, aber die »Hurensöhne« und »Hurenbälger« aus dem Don Quijote und das abgeleitete Verb sind das Gröbste, was Kolumbien an Schmähung und Haß zu bieten hat. Kolumbien, armes Land, reich an Haß.

Ich bin niemandes Sohn. Ich erkenne die Vater- und Mutterschaft von keinem und keiner an. Ich bin mein eigener Sohn, Sohn meines Geistes, aber da der Geist eine Kopfgeburt von Philosophen ist, die alles durcheinanderbringen, denken Sie sich besser einen Sturm, einen Sturm auf freiem Feld, der ohne Sinn und Verstand und Ziel über die Pflanzungen fegt und Krumen und Staub aufwirbelt und Hühner verscheucht. Ach Vargas Vila, häßlicher kleiner und aufsässiger und maßloser Indio, da warst du deiner Hurenmutter ein so guter Sohn und hast doch kein Vaterland, bist spurlos verschwunden aus dem Gedächtnis eines erinnerungslosen Kolumbien! Aber wenn nicht Kolumbien, wer soll sonst an dich denken? Als sich der Wolkenbruch und der Sturm auf freiem Feld ausgetobt hatten, spannten wir die Hängematte und den Sonnenschutz wieder auf und setzten unsere unterbrochene Unterhaltung fort. Wo waren wir?

Bei der Syphilis, der biblischen Syphilis, der edlen Krankheit unserer Vorväter. Der von Maupassant, Pius dem Fünften, Baudelaire und so vielen anderen höchst illustren Gestalten, die von Pater Acosta so trefflich in seiner gut belegten Monographie »Die Verheerungen der Französischen Krankheit« dargestellt wurde. »Pius der Fünfte« ist Pius der Fünfte Rengifo, Ex-Gouverneur von Antioquia, und das »edel« beziehe ich weniger auf die Eigenschaften der Betroffenen (denn die meisten von ihnen waren Schufte, was die meisten auf der Welt sind), als vielmehr auf das Benehmen ihrer Causa efficiens, der Spirochaeta pallida: Da hauen wir Ärzte diesem Bakterium ein halbes Jahrhundert lang Penizillin aufs Haupt, und artig spricht es noch immer darauf an und auf die Vielzahl von Antibiotika der ersten, zweiten und dritten Generation. Nicht wie andere verderbte Bakterien, die Resistenzen entwickeln. Heutzutage, Darío, heilt man Syphilis mit jedem beliebigen Antibiotikum gegen Grippe. Folglich waren unzählige brave Christen, die sich in der Messe weiter nichts als eine Grippe geholt haben, syphilitisch, ohne es zu wissen. Du, Bruderherz, kannst von Glück sagen, daß dein Quacksalber, dieses Genie, das bei dir Hypoglykämie diagnostiziert hat, auf die Idee gekommen ist, dich zum VDRL-Test für Syphilis zu schicken und daß der positiv war: Andernfalls hättest du nie eine Krankheit mit einem solchen Stammbaum gehabt. Glänzende Tänzerin über dunklem Feld, hoch aufgeschossene, wollüstige, bleiche Spirochaeta mit deinem engen Silberkleid und den Weibsbildkurven, wie schön du bist, wenn du dich unter meinem Mikroskop ringelst wie ein Korkenzieher und mir den Tanz von sieben Schleiern und einer ebensolchen Zahl von Todsünden tanzt! Ach, alles geht vorbei, alles braucht sich auf, alles ändert sich! Heutzutage ist die Syphilis eine harmlose Krankheit, die bloß semantisch aufgeladen ist. Wie das Wort »Hurenbalg«, das die Wahnsinnige oben gesagt hat. Dem beißwütigen Hund sind die Zähne ausgefallen.

»Und jetzt, Darío, trink bitte das heiße Brühchen, das ich dir gebracht habe, du hast heute noch gar nichts gegessen.«

Einmal genippt, und das war alles, mehr wolle er nicht, es schmecke komisch, für ihn würde alles nach Kuh riechen, vielleicht wegen dem Mittel, das ich ihm gab.

»Wo riecht es nach Kuh?«

»Hier, im Garten.«

»Mit Ausnahme der einen dort oben, die nie runterkommt, gibt es hier im Haus keine Kühe, Darío.«

Das waren seine Geruchs- und Geschmackshalluzinationen. Das Aids griff sein Gehirn an. Und der Gruak-Gruak-Vogel war eine Geräuschhalluzination. Wenigstens sah er ihn nicht!

»Was siehst du hier, Darío?«

»Einen Finger.«

»Und hier?«

»Zwei.«

»Sehr gut.«

Seine Augen waren noch in Ordnung, bisher hatte das Toxoplasma ihnen nicht zugesetzt.

Abgesehen vom Gewichtsverlust und dem einen oder anderen nächtlichen Fieber sogenannten »unbekannten Ursprungs«, verlief das erste Jahr der Krankheit meines Bruders (gerechnet ab dem positiven Testergebnis) frei von Symptomen, ohne Aufregung. Darío ließ sogar endlich, aus eigenem Antrieb, den Schnaps sein und hielt sich an meine schriftlichen Anweisungen, nicht wieder in den Urwald oder die Sabana zu gehen. »Die Natur strotzt nur so vor gefährlichen Keimen«, hatte ich ihm geschrieben, »gegen die du früher oder später keine Abwehr haben wirst. Bleib daheim in Bogotá, wo es trocken und windstill ist. Weniger feucht heißt weniger riskant.« Ich beglückwünschte ihn dazu, daß er es geschafft hatte, vom Schnaps zu lassen, und gab ihm meinen Segen. Was für eine Willensstärke mein Bruder bewies, ich begann an ihn zu glauben! Sicher, es war erklärlich, seine Willenstärke war wie neu. Er hatte sie nie benutzt.

Pünktlich wie sich in Europa die Jahreszeiten einstellen, stellten sich bei seiner unbenutzten und daher wie neuen Willensstärke binnen Jahresfrist Verschleißerscheinungen ein, nach genau einem Jahr. Um den Jahrestag, das Wunder, zu feiern, trank Darío eine kleine Flasche Schnaps, und das war's mit den halben Sachen. Auf die erste Halbe folgte die nächste und auf die ganze die nächste ganze, und das war der Anfang von seinem Am-Ende-Sein. Wenn Sie mich fragen, ist das mit dem Willen wie mit dem Recht, das sich nur mit Stärke ausüben läßt. Deshalb heißt das »Willensstärke«, aber üben muß man, und zwar von klein auf. Andernfalls gewinnt das Gefälle überhand, und wehe, schon nähert man sich dem Grund.

Der Schnaps nutzte also die Gunst der Stunde, als er meinen Bruder derart willensentstärkt fand. Körperlich schwach war er allerdings nicht: Er war eine trockene Eiche. Und die trockene Eiche stapfte ohne Verschnaufpause die vier Treppenwege zwischen den Straßen zum Planetario hoch, die steile Siebenundzwanzigste Straße hinauf und die fünf Treppen hoch in ihre Wohnung. Als wäre das gar nichts, zündete sie sich, oben angekommen und kein bißchen außer Puste, eine kleine Marihuanazigarette an, einen »vareto«, was sich mit »v« oder mit »b« schreibt, das weiß man noch nicht, weil die Akademie das Wort noch nicht anerkannt hat.

»Von wegen Aids!« sagte der Wichser, nachdem er den Vareto aufgeraucht hatte. »Was ich habe, ist Durst!«

Und er trank einen Schnaps.

Er hatte denselben Durst wie Darío, der Dichter, in dessen Andenken Papi ihm den Namen gegeben hatte, ohne zu ahnen, wie sehr er ihm nacheifern würde: Rubén Darío. Als Darío jung war und mit einer Delegation kolumbianischer Agrartechniker, was er von Beruf war, Nicaragua bereiste, hatte er dort nachhaltigen hochprozentigen Erfolg – in so einem Land, mit so einem Durst und so einem Namen... Nicaragua ist ein Land von Säufern und Ochsen, das außer Rubén Darío, dem Dichter, nichts zu bieten hat. In Nicaragua ist Darío Gott wie der Papst im Vatikan. Die Ochsen von Nicaragua trotten vor dem Pflug durch die Baumwollfelder oder ziehen Karren voller Baumwollballen über schmale Sträßchen und verlieren weiße Flusen, die zum Himmel schweben, und das ist alles, was ich über dies geliebte Land weiß, weil mein Bruder Darío es mir erzählt hat. Eines Tages werde ich auf seinen Spuren durch Nicaragua wandeln, um in Frieden sterben zu können.

Nachdem er die Flasche wieder fest im Griff hatte, gab auch ich nach: Wozu ihm verbieten, daß er ins Amazonasgebiet fuhr! Wenn ihn das Urwaldgeviechs nicht nüchtern umbrachte, brachten ihn die Raubtiere von Bogotá besoffen um. Sollte er doch rauchen, trinken, es treiben, leben, dafür war er schließlich da. Etwa nicht? Hört einer auf zu leben, weil er sich um sein Aids kümmern muß? Das Leben ist ein einziges Aids. Sehen Sie sich die Alten doch an: schwach, abgemagert, immungeschwächt, mit Flecken am ganzen Körper und Haaren in den Ohren, die länger und länger werden, während ihnen der Pimmel wegschrumpft. Wenn das kein Aids ist, weiß ich auch nicht.

»Leb, Darío. Rauch, trink, fick, das Leben ist kurz. Das Leben ist dazu da, im Hier und Jetzt verschwendet zu werden, hat Horaz gesagt, hat Ovid gesagt, sage ich.«

So verlief das zweite Jahr gemäß meinen Ratschlägen, seinen Absichten. Rücksichtslos. Aber was für eine Rücksichtslosigkeit! Ich kann Ihnen sagen, ich war selbst erschrocken und sagte zu ihm:

»Brüderchen, es reicht, du bist ja schon päpstlicher als der Papst.«

Es reicht? Zu einem Hurrikan »es reicht« sagen? Der Hurrikan hört auf, wenn er fertig ist.

Und so wie das zweite Jahr das dritte und wie das dritte Jahr das vierte – ein Crescendo gleißenden Lichts. Das letzte Auflodern einer Flamme würde man das nennen? Ja, Sie würden das so nennen, aber ich benutze solche idiotischen Gemeinplätze nicht. Und wenn wir gerade dabei sind, Darío war keine Flamme, er war ein Brand.

Im dritten Jahr erfuhren es seine beiden besten Freunde, Mitbrüder im Orden des Krauts, weil er es ihnen erzählte, ihnen erzählte, was zuvor nur er und ich gewußt hatten. Und von da an hatte Darío drei Menschen von Kyrene, die ihm dabei halfen, das Kreuz seines Geheimnisses zu tragen. Nicht lange, ehrlich gesagt, denn mit jedem Tag schrie sein Äußeres es lauter heraus. Als letzte erfuhren es die bei mir daheim, im letzten Monat, als Darío zum Sterben zurückkam. Ein Jahr zuvor war Papi gestorben, der also nichts davon erfuhr. Und das war der schlimmste Schrecken aller Schrecken und Horrorvorstellungen gewesen, die meinen Bruder heimgesucht hatten: daß Papi davon erfahren könnte. Er hat es nicht erfahren. Der Tod war schneller bei ihm als die Nachricht. Und das, obwohl Papi jeden Morgen den El Colombiano las, um auf dem laufenden zu sein! Sowas soll vorkommen.

»Smaragdfarbene Öltropfen, rubinrote Katzenaugen, Saphire, Diamanten, sagt mir eins, Ihr habt nicht zufällig die Unsterbliche, die Immerwährende, die Parze hier vorbeikommen sehen, in deren stillen Wassern sich die Präsidentenfatzkes von Amerika ersäufen sollten, diese papageiigen Bauerntrampel, die reden und reden und reden? Nein? Dann eben weiter.«

Und ich suchte weiter in allen Winkeln des Hauses nach Gevatterin Tod, bis ich sie hinten, unten, auf der Treppe fand.

»Du Schlampe läßt doch sonst keinen aus, wann nimmst du dir den Papst?«

»Uff! Über zweihundertdreißig habe ich schon, ich zähle nicht mehr mit.«

»Den jetzigen, den aktuellen, dummes Huhn, Wojtyla alias Johannes Paul II. mit dem weißen Soli Deo und dem Arsch so schwarz wie seine Seele.«

»Wir arbeiten dran«, antwortete sie ökumenisch lächelnd.

»Mach hin, ich ertrag ihn nicht mehr. Der geht, kommt, geht hoch, runter, raus, rein, der hält sich für den wahnsinnigen Christopherus.«

Ich gab meiner Patin einen Klaps auf den Allerwertesten und folgte einem dünnen Rauchfaden bis zur Hängematte im Garten. Dort lag Darío ausgestreckt, rauchend, schickte unschlüssige, bläuliche Cannabisvoluten in die heiße Luft. Die Voluten rissen auseinander und wurden zu diesen langen, heimtückischen Fäden, die Gevatterin Tod in die Nase stiegen und ihr noch den Kopf lahmlegen und sie um den Verstand bringen würden.

»Wie soll sie denn da arbeiten, so bekifft wie sie bei dir wird. Die weiß ja nicht mehr, was sie tut. Knüppelt mal da hin, mal dort, teilt blind aus, macht keine Unterschiede. Die reißt Christen den Kopf ab, Atheisten, Moslems und sogar dem Großwesir.«

»Vom wem redest du, Knallkopp?«

»Ach nichts, von niemandem.«

Ich mochte es, wenn mein Bruder »Knallkopp« zu mir sagte und damit seinen Zustand auf mich übertrug. Aber in Bogotá reden sich auch die Basucoraucher untereinander mit »Knallkopp« an, und Darío rauchte doch gar kein Basuco, oder? Und mich befiel der höllische Zweifel.

»Du rauchst doch kein Basuco, oder?«

»Woher!« antwortete er im Tonfall des schlichten Kiffers, was meine Zweifel zerstreute.

Einige Tage später allerdings, als das Sulfaguanidin nicht mehr wirkte und der Durchfall wieder einsetzte und mein Leben zur Hölle wurde, gestand er mir, er habe es doch geraucht im letzten Jahr.

»Du bist am Arsch, Darío, am Arsch und selber schuld, Kokain wirkt immunschwächend. Du hast Öl ins Feuer gekippt.«

Da erst erfuhr ich vom Basuco, dem gerauchten Kokain. Aber nun war nichts mehr zu machen. Gevatterin Tod lauerte draußen unter ihrem Türsturz und harrte der nächstbesten Änderung der Windrichtung, um hineinzugehen.

Am Ende, erzählen seine Freunde, sei er egoistisch geworden, was er nie war. Sogar das Marihuana habe er versteckt, das überhaupt nichts wert ist. Die losen Assoziationen ergaben plötzlich ein Bild, und mir fiel die Wut wieder ein, die ihn irgendwann in diesen letzten Jahren einmal gepackt hatte (als das Aids ihn noch nicht auslaugte), nur weil ich einen seiner Bekannten erwähnte, der ihm einen Knaben ausgespannt hatte.

»Die Knaben sind ein öffentliches Gut, Darío«, schalt ich ihn, »kein Privateigentum. Soll sie sich nehmen, wer sie will und sich leisten kann. Etwa nicht? Wirst du auf deine alten Tage jetzt besitzergreifend?«

Der Knabe und dieser Ex-Bekannte, die seien doch alle beide Hurenbälger.

»Sollen sie sich zusammentun, Darío, die Hurenbälger, ein jedes mit jedem.«

Mit den Jahren war er bitter geworden. Das Temperament der Rendóns schlug von Tag zu Tag stärker bei ihm durch, als würde er diesen Namen an erster Stelle tragen. Und mit dem mürrischen Gemüt kam das Einigeln. Er war wortkarg, düster geworden. Bei ihm traten die beiden Aids-Arten gleichzeitig auf, das virus- und das altersbedingte. Aber zurück in den Garten, zu den glücklichen Tagen, als das Sulfaguanidin wirkte und ich mir beim besten Willen nicht vorstellen konnte, daß er sterben würde.

Wir unterhielten uns über dies, über das, über die unendlich vielen Sachen, die wir miteinander erlebt hatten und für die wir mehr als eine Ewigkeit gebraucht hätten, um uns an alle zu erinnern, als der Große Sack von draußen reinkam, seine Anlage einschaltete und alles aus ihr herausholte, was sie hergab.

Ohne auf seinen ersten Nachnamen zu achten (und auf seinen dritten und vierten und fünften und sechsten und x-ten und letzten), war der Große Sack ein Rendón Rendón Rendón Rendón. Sämtliche für wütende Dummheit verantwortlichen Gene hatten sich in ihm ungedämpft ausgeprägt, ohne daß ein einziges Allel ohne Rendón vornedran auch nur eines davon ausgeglichen hätte. Nichts. Die Nicht-Rendón-Allele waren bei ihm allesamt stumm. Der Große Sack war ein unbehauener Klotz, ein reiner Rendón, ein echtes genetisches Phänomen. Und jetzt, ohne Rücksicht darauf, daß Darío und ich hier starben, drehte er die widerliche Anlage auf und hörte Samba. Zuerst hatte er sich die Stube unter den Nagel gerissen, wo das Klavier stand, und das Orgelzimmer, das zum Garten hinaus ging. Als Papi gestorben war, kam das restliche Haus an die Reihe. Im Orgelzimmer hatte er die Anlage aufgebaut und etwas, das sich »Internet« nennt.

»Darío, du redest doch noch mit der Nachgeburt, sag ihr, sie soll wenigstens Mozarts Requiem auflegen.«

Von wegen Requiem, von wegen Mozart! Kaum sagt man ihm das, schaltet er noch zwei Lautsprecher zu, ohrenbetäubend. Die Fensterscheiben im Eßzimmer bebten zum Bersten, als würde Caruso in der Scala singen.

Ich verabscheue Samba. Samba ist das Schäbigste, was die Erde hervorgebracht hat, einmal abgesehen von Wojtyla, dem Pfaffenpapst, diesem Geschmeiß, dem weißen schlüpfrigen fiesen Wurm mit seinen Schleichwegen. Hach, die weißen Schühchen, weißen Strümpfchen, das weiße Regenkäppi, weiße Soli Dechen! Ist dir das nicht peinlich, alte Schwuchtel, die ganze Zeit als Transe rumzulaufen, als wärst du unterwegs zu einer Schwulenparade? In dem Aufzug wird dich irgendwann Gevatterin

Tod holen. Die Sambas vom Großen Sack vergifteten die Atmosphäre und trübten meine Seele.

»Ich gehe. Ich komme später wieder«, sagte ich zu Darío.

Und ich ließ ihn in seiner himmlischen Hängematte im Cannabisrauch schweben und trat auf die Straße.

Trat also sozusagen aus der inneren in die äußere Hölle: betrat Medellín, den aus der Extremadura auf den Mars verpflanzten Schweinekoben.

Mal sehen, mal sehen, mal sehen, was sehen wir denn? Scheußlichkeit über Scheußlichkeit und zwischen den Scheußlichkeiten die Hammel, dieses Gruselpanoptikum, das sich meiner Stadt bemächtigt hat. Nichts haben sie gelassen, alles haben sie dem Erdboden gleichgemacht, die Straßen, die Plätze, die Häuser, und an ihrer Stelle haben sie eine Metro gebaut, eine Hochbahn, die von einem Ende des Tals zum anderen fährt, in einem Kommen und Gehen, das so leer, so ziellos ist wie die Zukunft ihrer Erbauer. Colombian people, I love you! Würdest du dich nicht fortpflanzen wie die Tiere, o Volk, du würdest mit Mann und Maus im Zentrum wohnen. Minderbemittelter Menschenschlag mit deiner peripheren Seele!

Unter den Stationen der Hochbahn und zwischen den Ruinen ragten noch wie Eilande ewiger Stille die Kirchen. Aber geschlossen. Geschlossen, damit nur ja nicht das Ciborium und die Monstranz geklaut wurden und mit der Monstranz das Allerheiligste. Dieben ist ja nichts heilig. Noch nicht einmal die hatten sie mir gelassen, diese kühlen, stillen Oasen des Friedens, in die ich mich als Junge häufig vor dem Treiben und der Hitze draußen geflüchtet hatte, um in devoter innerer Einkehr auf Gottes Schweigen zu lauschen. Ich besaß also weder Stadt noch Zuhause, die gehörten anderen. Schuld der Zeit und der Wucherung des Menschengeschlechts. Der Zeit verzeihe ich, was bleibt mir übrig, aber nicht diesem sinnlosen Gebärwahn, der einen aus dem letzten Dreckloch vertreibt und keiner Menschenseele auch nur ein Fleckchen zum Sterben läßt.

In den Tagen, als Darío starb, hatten sie die Metro fertiggestellt, so daß der geschwinde Wurm schon bei meiner Rückkehr, nachdem der Haushaltsbauch zehn Jahre damit trächtig gewesen war, frisch eingeweiht hoch oben über die Ruinen meiner Erinnerung flitzen konnte. Daríos Herzenswunsch, sein letzter, war es, einmal damit zu fahren. Aber wie hätte ich ihn aus dem Haus lassen sollen, einen Leichnam dem Mitleid des Mobs preisgeben können, einen gestürzten Herrn Jesum, ein Antlitz Gottes?

»Es lohnt sich nicht, Darío, glaub's mir, es ist eine Metro wie jede andere auch, schnell, häßlich«, redete ich auf ihn ein. »Und in deinem Zustand kannst du unmöglich die vielen Treppen gehen.«

»Ihr könnt mich hochtragen.«

»Wenn du willst, vertrete ich dich. Ich fahre für dich damit.«

»Nein. Ich will selber wissen, wie das ist, wenn man mit der Metro durch Medellín fährt.«

»Genauso wie in New York, nicht besser, nicht schlechter, stell dir die Hochbahn durch Queens vor. Du erinnerst dich doch noch an die Partys, die wir mit Salvador in seinem Knabenbordell in Queens gefeiert haben?«

»Gleich bei der Elmhurst Avenue.«

»Genau, gleich bei der Station Elmhurst Avenue. Wenn wir von den Partys kamen, war draußen das dickste Schneetreiben.«

»Und die Leute im Zug sind von uns weggerückt,

wenn wir kolumbianisch gesprochen haben, daß wir sie bloß nicht überfallen.«

Natürlich erinnerte er sich noch, erinnerten wir uns, unser Gedächtnis war gut in Schuß, die Lokomotive lief unter Volldampf, stieß Qualm aus und zog die Waggons hinter sich her. Und wir erinnerten uns an Hinzchen und Kunzlein, an den Vogel, die Katze, das Kamel, den kompletten kolumbianischen Zoo, der in Queens wohnte.

»Was wohl aus dem Vogel geworden ist?«

»Der Vogel ist tot, Darío, dem wächst schon das Moos aus den Ohren.«

»Wie, der ist tot! Von wem hast du das?«

»Salvador hat's mir erzählt, der ist auch schon tot.«

»Salvador soll tot sein, das glaub ich dir nicht!«

»Wie? Das hast du nicht gewußt? Wo lebst du denn, Bruderherz? Du wohnst hier und ich nicht, und ich muß dir sagen, wer gestorben ist?«

Darío hatte sich immer so um die eigenen Achse gedreht, daß ihn die Lebenden und die Toten keinen Furz kümmerten. Und jetzt, wo er starb, dämmerte ihm langsam, daß wir Lebenden, wie quicklebendig wir auch sein mochten, am Ende tot sein würden.

»Aber laß den Kopf nicht hängen, Bruderherz, heute ist ein prächtiger Morgen, die Sonne scheint, und ein Vogel singt. Der Gruak-Vogel. Den hörst du doch? Dort auf dem Ast.«

Diesmal war er es, der ihn nicht hörte.

»Dann denk an das Amazonas River Aquarium, hinter der Endstation der U-Bahn, schon außerhalb von Queens, wo wir kleine Fische verkauft haben.«

»Piranhas.«

»Kolumbianische Piranhas, die gefährlichsten überhaupt, von uns vom Amazonas in die Vereinigten Staaten importiert. Kolumbien produziert die blutrünstigsten Piranhas der Welt: Sie sehen sich und bringen sich gegenseitig um, genau wie die Leute hier. Bei Piranhas sind wir Weltspitze, Darío, sogar besser als Brasilien. Und sag diesem sackgesichtigen Piranha, er soll die Sambas abstellen.«

»Er lernt doch gerade Portugiesisch, Griechisch hat er schon gelernt.«

»Der wird uns noch zum polyglotten Sack Paul! Um was bitte zu sagen?«

Polyglott war Fausto der Papagei, der verstorbene, der hier auf dem Weinstock im Garten dieses Hauses vor Jahren, Jahrhunderten, universalverständlich schrie wie ein Säugling. Das Schreien hatte er von Manuelito gelernt, der von mir lesen lernte. Ich brachte es ihm bei. Und mir hatte es die Wahnsinnige beigebracht mit einer Fibel voller alberner Sätze: »Der Zwerg trinkt«, »Ich liebe meine Mama«. Manuelito, mein fünfzehnter Bruder (der letzte, denn den Großen Sack zähle ich nicht mit), war ein zartes Kind, als er mit Lesen anfing, und ich ein gutaussehender Junge, als ich es ihm beibrachte: Ein unbestreitbar hübscher Bub, davon zeugen Fotos. Glauben Sie mir, wenn ich dem heute auf der Straße begegnete, ich würde ihn einladen, mit mir zu sündigen. Aber würde er mitgehen? Solche Begegnungen mit einem selbst über die Bresche der Zeit hinweg sind mir unheimlich. Jedenfalls buchstabierte Manuelitos Engelsstimme die Sätze, die ich ihm von Hand auf ein reines, weißes Blatt schrieb, mit solchem Feuereifer, daß es mich heute noch rührt:

»Gottgibtesnicht, dudepp«, »derdrachescheißtfeuer«.

Unwiderlegbare Wahrheiten von bleibendem Wert.

Und in dem zuvor Gesagten kann man, auch bei flüchtigem Lesen, das große Geheimnis der Mütter von Antioquia entdecken: Sie setzen ein erstes Kind in die Welt, wischen ihm den Arsch und trainieren es, damit es dem zweiten den Arsch wischen kann, dem dritten, dem vierten, dem fünften, dem sechzehnten, setzen Kinder in die Welt, damit sie sich ausschließlich der Reproduktion widmen können. So machte die Wahnsinnige das, und ich, ihr Erstgeborener, keine Frau, sondern ein Mann, ein Junge mit Penis, endete als Kindermädchen für meine zwanzig Geschwister, während sich die Gottesfürchtige zielstrebig wie die Drahtseilbahn auf den Monserrate mit Leib und Seele der Aufgabe verschrieb, ihre geheiligte Matrix durch die Galaxie zu streuen, nicht daß da etwas verlorenging: die hundertfünfzig Gene der sanftmütigen Vernunft mit Namen Rendón. Hundertfünfzig nach meiner Schätzung, weniger geht schwer, oder?

Ich wusch, bügelte, fegte, wischte, räumte auf, als hätte ich eine Vagina und keinen Penis, und was ich wusch, bügelte, fegte, wischte und aufräumte, verdreckte, zerknitterte, verstaubte, versaute und durchwühlte die Wahnsinnige. Eine Kammer etwa oder einen Kleiderschrank, wo ich frisch für sie gewaschene und gebügelte Laken, Hosen, Blusen, Kopfkissenbezüge einräumte. Die Wahnsinnige kam angerauscht auf der Suche nach einem Büstenhalter (ihrem), und zerrte Kopfkissenbezüge, Blusen, Hosen, Laken heraus, die sie einfach hinter sich warf.

»Verdammte Scheiße, siehst du nicht, daß ich das eben alles gebügelt und eingeräumt habe?«

»Grrrrrr!« brüllte das Tigerweibchen.

»Das war das letzte Mal, du altes Hurenbalg«, schrie ich und gebrauchte das sanfte und zartfühlende Wort, das ich von ihr gelernt hatte.

Und das war's, denn wenn ich Schluß sage, ist Schluß. Aber später tat es mir leid, daß ich mich bis in ihre Niederungen herabgelassen hatte. Außerdem war Raquelita, meine Großmutter, eine Heilige, und meine Liebe zu ihr reichte von Medellín bis Envigado und von Envigado bis in den letzten Winkel der Galaxie. In Envigado war ihr Landgut Santa Anita, und daher der Zwischenstop bei der Messung.

Wie kann ein Engel einen Teufel empfangen? Nun, sagen Sie, Sherlock Holmes. Ganz einfach, mein lieber Watson, das ist eine Frage der Vererbung. Das sind die Rendón-Gene! Die Rendón-Gene, die manchmal durchschlagen und manchmal stumm sind. So war beispielsweise mein Großvater mütterlicherseits, Leonidas Rendón, die Causa mediata des ganzen Unglücks, ein guter Mann. Irr und jähzornig zwar, aber in menschlichem Maß, und wenn man sich ein wenig Mühe gab, konnte man ihn sogar gern haben. Folglich waren bei ihm einige der hundertfünfzig Rendón-Gene stumm. Die Wahnsinnige dagegen hatte sie fast alle angeschaltet, und der Große Sack alle ausnahmslos. Nicht das geringste Erbarmen hatte der Himmel mit uns und schickte uns diese beiden Geißeln der Menschheit.

Vierzehn war ich, als das passierte, wovon ich gerade sprach. Vierzehn, und ich muß noch immer daran denken, denn welcher Sklave vergißt schon den Tag seiner Befreiung? Papi dagegen konnte sich in sechzig Jahren nicht befreien. Jetzt ist er im Himmel, und ich werde ihn nicht wiedersehen, denn wir Freien fallen wie Blei hinab in die Hölle. Und wenn die Wahnsinnige stirbt, wo kommt die hin? In den Himmel? Womit der Himmel für Papi zur Hölle würde. In die Hölle? Dann, Herr Satan, bitte ich ergebenst um die Genehmigung, daß ich in den Himmel komm, denn eine Hölle im Quadrat stehe ich nicht durch.

Papi wurde in diesem fortdauernden Wahnsinn zum Komplizen, da unsere Spezies eben eine zweigeschlechtliche ist. Andernfalls wäre die Wahnsinnige eine parthenogenetische Fabrik gewesen.

Als ihre Reproduktionsmaschine altersbedingt den Dienst versagte, gab sie sich, um Aufmerksamkeit zu heischen und damit man sich um sie kümmerte, den Krankheiten und Ärzten hin. Und auf zur Operation! Den Knöchel, das Knie, den anderen, das andere, den Blinddarm, die Mandeln, die Gebärmutter, den Gebärmutterhals, die Prostata, ob vorhanden oder nicht, alles und jedes. Die Mandeln, sagte sie, die seien doch zu nichts gut, und was zu nichts gut sei, würde bloß stören, die müsse man rausnehmen. Und raus damit. Und der Blinddarm, raus damit. Und da noch was, raus damit.

»Und bei der Gelegenheit, Herr Doktor, könnten Sie mir noch ein Stück vom Dickdarm oder, besser noch, vom Dünndarm entfernen, damit würden wir das Krebsrisiko senken.«

Fünfundzwanzig Operationen habe ich bei ihr gezählt, dann habe ich aufgehört. Mit den Operationen hat sie ihren Kinderrekord gebrochen. Ihr Zahnarzt pfiff auf dem letzten Loch, ihr Psychiater war reif für die Klapse, und ihren Kardiologen steckte sie mit ihrem Herzrasen an. Ich hasse Ärzte, aber um ihnen eine Perle wie diese an den Hals zu wünschen, so dann doch nicht. Ach, Herr Doktor, würden Sie mir noch ein EKG machen zur Bestätigung.

»Und der Zacken da, was ist das?«

»Die Q-Welle.«

»Hach ... das sieht mir aber gar nicht gut aus.«

Sie nahm Betablocker, um ihren Blutdruck zu senken, da die Betablocker aber auch ihren Kaliumspiegel senkten, erhöhte sie die Kaliumzufuhr mit Orangensaft und Bananen.

»Wo du gerade nach unten gehst, mach mir in der Küche ein Gläschen Orangensaft mit gehackter Banane«, schickte sie den los, der sich eben in ihrer Reichweite aufhielt.

Und wenn man ihr das Gläschen hochbrachte:

»Nicht so viel Zucker, ich bin Diabetikerin.«

Und wieder runter und noch einmal nach oben mit einem neuen Saft für die Diabetikerin.

»Der schmeckt ja nach gar nichts. Hachje, nicht einmal einen Orangensaft könnt ihr machen! Was soll nur aus euch werden, wenn ich nicht mehr bin.«

Drohungen, die Versprechen waren, die sie nicht einlöste. Von wegen nicht mehr sein! Irgendwann fing sie an, Gesichter zu sehen, und verkündete uns:

»Ich springe vom Balkon.«

»Soll sie springen«, sagte ich zu Papi, der litt und litt und nicht wußte, wohin mit sich. »Und halt sie bloß nicht fest. Die macht ihren Weg.«

Von wegen, sie würde springen! Sie sah weiter Gesichter.

»Und wie sehen die aus, die Gesichter?« wollte ich, ihr geliebter Sohn, wissen.

»Fürchterlich, grauenvoll.«

Sprach's, als hätte sie in den Spiegel gesehen.

»Dann schau nicht hin.«

Sie würde sie sehen, wenn sie die Augen zumachte.

»Dann mach sie nicht zu.«

Die Augen täten ihr weh vom Licht, dieses Gleißen.

»Dann mach sie halb zu, und du siehst weder so viel störendes Licht noch so viele erschreckende Gesichter. Du siehst nur halbe Gesichter. Und ein halbes Gesicht ist kein Gesicht, sondern ein Bild von Picasso, und der ist schon tot und kann dir nichts mehr tun.«

»Schalt die Lampe aus, ich brate.«

»Mach den Arm lang, und schalt sie selber aus, du bist doch kein Krüppel.«

Da kochte ihr die Galle über, und weil sie nichts weiter konnte, als einen herumschicken, schickte sie mich zum Teufel. Sie öffnete den Mund nur, wenn sie einen herumschicken wollte, schloß ihn allerdings nie. Ihre Stimmbänder konnten einem leid tun, welche Strapaze! Allein der Gedanke daran, was allein ihre Stimmbänder für Strapazen durchzustehen hatten, allein dafür würde sie in den Himmel kommen. Erst einmal kam sie nur soweit, mich zu enterben.

»In Kolumbien darfst du das nicht. Kraft Gesetz vererben die Eltern ihren Kindern hier alles, gezwungenermaßen, ob sie wollen oder nicht. Die Gene und allen übrigen alten Plunder wie das Klavier, die Orgel und den Fernseher, den ich für dich, sobald du tot bist, in winzige Trümmer schlagen und zusammen mit der Drecklawine auf deinen Sarg kippen werde, damit dein Grab bis zum Erbrechen verfüllt ist.«

Die Schlange wand sich in haßerfüllten Zuckungen und spie Feuer durch die Augen, das mich allerdings kalt ließ, und wie sich die Wahnsinnige in ihrer ohnmächtigen Wut da verausgabte, mich verhurensohlte und verwünschte, ähnelte sie ihrem tobsüchtigen Neffen Gonzalito, der Mayiya. Und wenn wir das Zauberwort einmal zu ihr sagen würden, nur als Versuch?

»Mayayita?« probierte ich es sehr sanft.

Ihre Brust hob und senkte sich im Rhythmus ihres Herzrasens wie die wutschäumende See in einem krampfhaften Branden. Und das Herz wie ein stotternder Motor kurz vor dem Stillstand, der Ejakulation. Ich wiederum krampfte vor Lachen. Was Worte bewirken, allein das Wort »Mayiya«! Wer hätte das gedacht! Meine Herren Linguisten, notieren Sie.

Was Papi unter der Wahnsinnigen zu leiden hatte in seinen letzten lausigen Jahren, bevor sie ihn umbrachte! Sie hat ihn nämlich umgebracht, nicht der Leberkrebs, wie die Ärzte behaupteten. Der Krebs tötete seinen Körper, sie seine Seele. Recht hatte der Säufer, der einmal nachts brüllend und eine halbleere Flasche Schnaps schwenkend die Allee San Juan runterkam:

»Nieder mit meiner Schlampe daheim und den Bälgern! Ein Hoch auf die Schwulen!«

Von den sechs Milliarden der perversen Spezies Homo sapiens, die heute die Erde bevölkern, ist niemand mir mehr schuldig als sie. Aber sie dachte, es sei umgekehrt, ich, ihr Dienstmädchen, sei ihr etwas schuldig. Welch höchst origineller Gedanke! Großer Irrtum, Gnädigste, himmelschreiender Irrtum, den wir umgehend korrigieren werden, indem wir zu den drastischen Mitteln greifen, die in diesem Fall angemessen sind – etwa ein Gläschen Orangensaft mit Banane und überhaucht mit Zukker, mit Liebe, mit Hingabe, mit Herzblut und einer zielführenden Prise Zyanid. Bis dahin, bis die große Stunde der Gerechten schlägt, rate ich, den Muttertag zu streichen und den Tag des Kindes einzuführen. Alles andere hieße, man trampelte weiter auf den Opfern herum und huldigte den Tätern.

»Ich sterbe! Schnell, einen Krankenwagen, ich muß ins Krankenhaus!« sagte sie, drängte sie.

Und ab ins Krankenhaus, wo sie ein Weilchen fade Kost, salzlos, bekam, die uns zum Preis von Belugakaviar in Rechnung gestellt wurde.

»Ihre Frau Mama springt vom Balkon«, prophezeite uns ein Medizinerarsch vom Soma-Krankenhaus, der weiter an der kilometerlangen Rechnung für uns schreiben wollte. »Sie muß im Krankenhaus bleiben, unter medizinischer Beobachtung.«

»Herr Doktor, sie springt vom Balkon, wenn sie daheim ist, bei uns zu Hause gibt es nämlich einen. Aber im Krankenhaus springt sie aus dem zehnten Stock. Was ist Ihnen lieber?«

Ihm war das Krankenhaus lieber und mir auch. Sollte sie aus dem zehnten Stock springen.

»Aber ich warne Sie, Herr Doktor, wenn sie nicht springt, geht das auf Ihre Rechnung. Wir sind nicht gewillt, das Erbe von fünfundzwanzig Kindern nebst zweihundertfünfzig Enkeln und Urenkeln für eine weitere nutzlose Woche Krankenhaus zu verschleudern.«

Diese Frau, die schwachsinnig wirkte, nicht ganz richtig im Kopf, als wäre ihr Hirn verknackster als ihre Knöchel, wurde in Wahrheit von einem Teufel geritten, den es nur in Kolumbien gibt, weil nur wir in Kolumbien einen Namen dafür gefunden haben: die Hurenbalgerei. Aber bei der Namensgebung haben wir es belassen, wie die Mäuse, die zu dem Ratschluß kamen, der Katze eine Schelle anzuhängen. Und wer hängt der Katze die Schelle an? Der einzige von den weißnichtwievieldreißig Millionen Kolumbiomarsianern, der aus tiefstem Herzen dafür betet, daß Kolumbien niemals die Fußballweltmeisterschaft gewinnen und verschwinden möge, hängt sie ihr an: Ich hänge sie ihr an. Ich hänge sie ihr an, und vorher paniere ich sie mit Zyanid, auf daß das Untier es ablecke.

Der Krug ging so lange zum Wasser, bis er brach und die Wahnsinnige eine Nachgeburt in die Welt setzte: den Großen Sack, der jetzt hübsch ausgewachsen ist, so alt wie Christus, mit dem gleichen Bart und durch und durch ein Rendón, der Sambas auflegt, die durch den Garten schallern, die Vögel verscheuchen und es mir unmöglich machen, Gevatterin Tod kommen zu hören.

»Entweder dieses Hurenbalg stellt die Sambas ab, oder ich bringe ihn um, oder er bringt mich um, oder ich bringe mich um.«

»Achte nicht auf ihn«, sagte Darío, bekiffter denn je.

»Ich achte nicht auf ihn, meine Ohren tun's.«

Blindwütig der Fortpflanzung verschrieben, begriff die Wahnsinnige nie, daß der Raum endlich ist und daß man, so wenig wie man immer weiter Gerümpel in eine Rumpelkammer oder Sardinen in eine Büchse zwängen kann, Kinder in ein Haus zwängen kann. An unseres in Laureles wurden lediglich zwei durch ein Arbeitszimmer getrennte Räume angebaut, was den Garten verkleinerte. So grob, wie man die hinzimmerte, beschreibe ich sie Ihnen: das hintere Zimmer, wo Darío starb, mit einem engen, um eine Stufe erhöhten Bad wie das Bad seiner Wohnung in Bogotá; und das andere, wo ich starb, mit einem weiteren engen Bad, aber ebenerdig. Warum hat dieser murksende Meister der Baukunst, Papis Schwager Alfonso, mit Nachnamen García, aber schwachsinnig wie ein Rendón, die beiden Bäder so eng gebaut, obwohl Platz genug vorhanden gewesen wäre, und wieso das eine ebenerdig und das andere um eine Stufe erhöht? Das müßte man ihn in der Hölle fragen. So hat er sie gebaut und so blieben sie, ohne daß jemand eingegriffen hätte, weil Papi (von dem die Idee mit dem Anbau stammte) in Bogotá ach so beschäftigt war mit den dünnen Strippen, den klebrigen Spinnfäden, der Wirtschaft seines marsianischen Landes.

Daríos Zimmer war eingerichtet mit einem Bett, einem

Wandschrank und einem Schreibtisch, der Schrank voller Kleider von Carlos, dem fünften Sohn, meinem vierten Bruder, der zusammen mit einem Liebsten des starken Geschlechts irgendwo am Arsch der Welt in den Bergen lebte; und der Schreibtisch überhäuft mit Medikamenten, mit den teuren Medikamenten gegen Aids, die in der Tat helfen, allerdings nur, die Aidsärzte vor dem Verhungern zu bewahren. Und in meinem Zimmer ein schmales Bett und Schluß, das war alles. Aus der Bibliothek holte ich Großmutters Sessel (den Sessel, in den sich Großmutter in ihren letzten Jahren zum Sterben gesetzt hatte) und einen Stuhl für meine Kleider. Im Arbeitszimmer in der Mitte, nichts, leer wie meine Seele.

Wie! So arm sind Sie, daß Sie keine Möbel besitzen? Aber nein, Asketen, das sind wir. Das ging so weit, daß wir über Jahre nichts aßen, und die Wäsche, die von der Maschine gewaschen wurde, bügelte der Wind, der sie trocknete. Das Geschirr blieb Tag um Tag ungespült, weil die Wahnsinnige Wasser und Strom sparen wollte und die gigantische Geschirrspülmaschine erst einschaltete, wenn sie restlos voll war. Und woher so viel schmutziges Geschirr, wenn Sie nichts aßen? Sie meinen nur, das sei ein Widerspruch: Die Wahnsinnige war Expertin im Verschmutzen von Geschirr, selbst ohne daß gegessen wurde. So allumfassend war ihre Berufung zum Chaos.

»Was sollen Gottes Würmer essen, wenn wir sterben?« fragte ich sie, als ich noch mit ihr sprach, geschwächt wie ein Fakir oder ein aidskranker Spuk.

Meine Familie gehört in Medellín und Kolumbien zur Avantgarde auf den Gebieten ungebügelte Wäsche und universeller Hunger. Dafür wird man uns eines Tages einen Orden anheften.

Heute ertönen keine Sambas, die bärtige Nachgeburt

ist anderweitig zugange. Allein der Gedanke, daß ich es war, der nach seiner Geburt einen Namen für ihn aussuchte, den spanischsten Namen überhaupt, den klangvollsten, den schönsten, so überwältigend wie »Die Macht des Schicksals« vom Duque de Rivas, meinem alten Freund in litteris! Warum bloß habe ich ihn nicht Christusgaga genannt als Hommage an den Wütenden, der die Händler mit der Peitsche aus dem Tempel jagte, als Hommage an den Verschrobenen, der alle gleich bezahlte, ob sie früh oder spät zur Arbeit kamen, und vor allem als Hommage an den Schwachkopf, der die andere Wange hinhielt und dadurch mit einer Backpfeife das Gesetz vom Gleichen mit Gleichem aushebelte und die Straflosigkeit in die Welt brachte. Christusgaga Rendón Rendón müßte der eigentlich heißen. Jetzt war er genauso alt wie der Nazarener, als der sich zu seinen bescheuerten Worten und Taten hinreißen ließ, und hatte den gleichen schwarzen Bart, diesen dichten, dämlichen Hippiebart. Er gönnte den Sambas eine Atempause und war mit schweigendem Hinterteil ans Internet angeschlossen, von dem mir Darío jetzt, mit voller Absicht, vorzuschwärmen begann. Seine Freunde aus Bogotá hätten ihm, als sie hörten, er sei in Medellín und es gehe ihm schlecht, via Internet oder Cyberspaids eine CD geschickt. Eine Compact Disc? Entweder ich hatte die neuesten Entwicklungen der Wissenschaft verschlafen, oder das Aids trübte Darío den Verstand.

»Ich wußte nicht, daß man kompakte Sachen über Internet verschicken kann«, sagte ich. »Wenn das so ist, sag dem Großen Sack, er soll uns durch diese Wunderfindung zwei splitternackte Knaben schicken, mal sehen, ob dieser Abend nicht noch nett wird.«

Von wegen, daß er die schickte, was wir bekamen, war

der Wolkenbruch! Ein plötzlicher, spöttischer Platzregen, der mich hin und her scheuchte, um Laken, Bänke, Tische, Hängematten, Daríos, Teller und vor allem das Marihuana einzusammeln, das nicht taugt, wenn es feucht ist und getrocknet werden muß: etliche Fastentage, die mein Bruder nicht durchsteht. Kaum hatte ich den Kladderadatsch zusammengepackt, klarte es auf, und Darío hörte den Vogel wieder.

»Dort ist er, dort!« sagte er, während ich die Hängematte erneut zwischen die Bäume und ihn dort hinein beförderte.

Im Laub des Mangobaums sah er angeblich ein wirres und wildes Geflatter: Das sei der Gruak-Vogel, der mit einem Wurm aus dem Cyberspaids kämpfte. Jetzt ist die Kacke am Dampfen, dachte ich, das Aids greift seinen Kopf an, er hat schon Visionen. Und da, als ich zwei Teller auf einen Tisch stelle, höre ich auf einmal das »Gruak, Gruak« hinter mir. Es war Darío, der sich in der Hängematte aufgesetzt hatte und dem Vogel auf Zypriotürkisch antwortete.

Während der letzten einigermaßen ruhigen Tage, die wir erlebten, war Darío besessen von diesem flüchtigen und unmusikalischen Vogel, der sich nicht blicken ließ und auf eine Art Uralaltaisch mit ihm redete. Dann hörte das Sulfaguanidin auf zu wirken, der Durchfall griff wieder zu den Waffen, und vorbei war es mit der Feuerpause, die uns Gevatterin Tod gewährt hatte. In der Tollhaushölle, der die Wahnsinnige vorstand, war das Pandämonium los.

Ich traue mir zu, einen Sturm zu besänftigen, jemandem Zyanid zu spritzen und eine Aidserkrankung zu bändigen, aber Aids zusammen mit der Wahnsinnigen nicht. Die Kombination bekommt, wie man in Kolumbien sagt, »nicht einmal der Putas« in den Griff. Der »Putas« wäre, wer das könnte, und ich bin es nicht. Den Putas gibt es folglich nicht, und falls doch, soll er herkommen und in diesem Haus sein Glück versuchen. Ich ging runter und rauf und runter und rauf über die steile Hintertreppe, von der ich Ihnen erzählt habe und auf der bald unten, bald oben Gevatterin Tod hockte und sich vor Lachen ins Hemd machte, wenn sie sah, wie ich verdreckte Laken hinunterbrachte, die ich in der Maschine wusch, zum Trocknen in die Sonne hängte und wieder hinaufbrachte, damit der nicht zu bremsende Durchfall des Kranken sie wieder verdrecken konnte. Und der Papst, der doch so gut, so nützlich, so heilig ist, wo treibt der sich rum, wieso hilft der nicht? Und ich verfluchte den arbeitsscheuen Heuchler und seine Mutter. Das Gelächter von Gevatterin Tod klingt mir, trotz der Zeit, die seither vergangen ist, noch immer in den drei Knöchelchen des Mittelohrs: Hammer, Amboß und Steigbügel.

»Möchtest du jetzt vielleicht etwas Fisch?« fragte ich Darío, der drei Tagen inklusive der Nächte mit Durchfall weder geschlafen noch gegessen hatte.

Ja, jetzt, gab er mir durch ein schwaches Kopfnicken zu verstehen, und ich stürzte, ohne eine Sekunde zu verlieren, die Treppe hinunter und rannte, um ihm den Fisch zuzubereiten, den ich am Vorabend für ihn gekauft hatte und der seit dem Morgen zum Auftauen im Spülbecken lag und darauf wartete, daß Darío etwas essen wollte: Er war nicht da, verschwunden.

»Wo ist der Fisch?« brüllte ich von unten wie ein Irrer, verzweifelt.

»Den habe ich weggepackt«, antwortete die Wahnsinnige von oben. »Er ist im Eisschrank.«

Und tatsächlich, da lag er, wieder zu Stein geworden, ein Eiszeitmammut. Unbemerkt von mir, war die Wahnsinnige hinunter in die Küche gegangen und hatte den Fisch aufs Eis gelegt.

»Und wer hat dir gesagt, daß du ihn wegpacken sollst?« schrie ich völlig außer mir die Verfluchte von unten an.

»Ich mußte ihn doch wegpacken, der wäre ja schlecht geworden«, antwortete die Heilige von oben. »Was soll nur aus euch werden, wenn ich einmal nicht mehr bin!«

Die Wahnsinnige war schädlicher als Aids. Ihre unzähligen Chaoshände reichten bis in die hintersten Winkel des Hauses wie die Tentakel des Polypen in Victor Hugos »Die Arbeiter des Meeres«. Sie war Murphys Gesetz in Person, bei mir zu Hause konnte alles immer schief gehen, denn dazu war immer sie da, war unkontrollierbar vorhanden. So packte die Hand, die nicht in der Lage war, sich auszustrecken und eine Lampe auszuschalten, beflissen den Fisch in den Eisschrank. Ihre Hand war ein Pferdefuß. Sobald diese Nacherzählung des Unglücks beendet ist, werde ich im Einvernehmen mit den Theologen Thomas von Aquin und Duns Scotus und dem Philosophen Kant ein theologisches Traktat verfassen, das von ihr inspiriert ist: »Kritik der Reinen Bosheit«. Die Wahnsinnige war die Klinge am Messer, die Schwärze im Schwarzen, das Auge des Hurrikans, der fleischgewordene Gott-Teufel, und sie hatte sich mit ihrer Nachgeburt von einem Großen Sack verschworen, um meinen Bruder umzubringen. Packte sie den philosophischen Fisch nicht in den Eisschrank, dann aß ihn die Nachgeburt auf, die vom vielen Gewichtheben ausgehungert war. Und wozu stemmte Christusgaga Gewichte? Wollte er mich schlagen? Sollte er sich doch trauen! Und ich friedliebendes Wesen hielt eine Eisenstange bereit, um dem Kraftmeier seine verqueren Absichten zurechtzurücken, sollten sie in Erscheinung treten.

Alle Bemühungen unsererseits um Ordnung, Essen, Sauberkeit, um durchschnittliche Zivilisiertheit in diesem Haus, das nicht ihr, sondern allen gehörte, wurden von den Chaoshänden, vom anarchischen Geist, vom teuflischen Wesen der Wahnsinnigen sabotiert. Wir räumten auf? Sie verräumte. Wir putzten? Sie verdreckte. Wir kochten? Sie aß. Und wenn wir ein Dienstmädchen für sie auftrieben, warf sie es raus, denn wozu ein Dienstmädchen, wo sie doch Ehemann und Kinder hatte! Sie tat nichts und ließ nichts tun, hackte nicht selber und lieh einem nicht die Axt.

Und nicht nur boshaft, sondern heilig. Denn sollte sie ihr Leben auf einer Skala mit Fünf als Bestleistung, was in Kolumbien üblich ist, bewerten, so würde sie sich eine Fünf mit Auszeichnung geben. Der Prüfer, der sich selbst prüft, der Richter, der sich selbst richtet. Geht's unverfrorener? Eine Fünf unter Null würde ich ihr geben, damit sie sich den Arsch abfriert.

Bisweilen ging sie in die Kirche zur Kommunion. Aber weil sie ja so beschäftigt war, ihren Haushalt in Ordnung halten und ihre vielen Kinder großziehen mußte, wollte sie als erste drankommen (natürlich ohne vorher zu beichten, was auch?), und so verlangte sie vom Priester während des Introitus oder Beginns der Messe und wo es bis zum Abendmahl noch mindestens eine halbe Stunde dauern würde: Er solle ihr rasch die Kommunion geben, für Liturgien habe sie keine Zeit. Und weil die Priester sich – klarer Fall – weigerten, schrie die Vergeßliche sie beim Rausgehen vom Atrium aus an: »Schwule Pfaffenbande!« Schwul waren etliche bei ihr zu Hause und aller Ehren wert. Was wollte die Heilige eigentlich? Daß sich die Priester fortpflanzten wie sie? Wenn's uns schon mit schwulen Priestern zu eng wird, wie wäre es da erst mit sich vermehrenden!

Da sie hintereinander fünf Söhne bekommen hatte, setzte es sich die Wahnsinnige in ihren Dickschädel, die zwölf Apostel vollzumachen. Ihr sechstes Kind war ein Mädchen, Glorita, und damit war der Strom abgerissen, der versprochen hatte, aus Papi das zu machen, was man im alten Spanien einen »Ritter vom Hosenstall« nannte. Hätte sie anstelle der fünf Jungen fünf Mädchen gehabt, sie hätte sich vorgenommen, die elftausend Jungfrauen vollzumachen! Soll sie doch Kinder kriegen, so viel sie will, sagte ich, ihr Erstgeborener, aber gehorchen muß mir die Rasselbande schon. Ach, wäre die Welt doch, wie im Gesetz vorgesehen! Aber nein, in einem Matriarchat wischt sich die Königinmutter, die arbeitsscheue Biene, mit dem Gesetz durch den Schritt. Und die Stifterin der Unordnung, die wahnsinnige Aufrührerin, blieb sich selbst treu und sabotierte alles, was ich unternahm, damit meine Geschwister, ihre Kinder, nicht auf dem heiligsten Gesetz herumtrampelten, das es seit Anbeginn der Welt gegeben hat, dem Recht des Erstgeborenen, das in einem so alten, gelehrten, inzestuösen Buch wie der Bibel niedergelegt ist. Und meine weiß nicht wie vielen Geschwister, männliche wie weibliche, wollten mit ihrer Billigung über mich hinwegtrampeln. Über mich? Niemals! »Über meine Leiche hinweg«, wie Julio Jaramillo gesungen hat. Und bei uns daheim wurden Kriege ohne Zahl vom Zaun gebrochen, für deren Geschichtsschreibung es eines Titus Livius bedürfte und von denen mir fürs Leben drei ausgeschlagene Zähne geblieben sind, aber aus denen auch sie nicht unbeschadet hervorging, die Schrankenlose, die Allzulaxe, die wahnsinnige Königin, die anarchische Wahnsinnige, die Gebärende, weil ich ihr meinen Respekt und Gehorsam verweigerte. Die Herrische will Milch? Soll sie die Kuh melken. Wenn sie schuld war, daß die anderen nicht auf mich hörten, hörte ich nicht auf sie; wenn sie schuld war, daß die anderen mich nicht respektierten, respektierte ich sie nicht. Das Leben ist ein Getrampel, ein Durcheinander. Nur die Stille des Nichts ist vollkommen. Weh dem, der durch sein Tun das Chaos der Welt mehrt, denn in ihm wird er umkommen! Und das sage nicht ich, armer Teufel, der ich bin – das hat mir heute nacht der Prophet geflüstert.

Die ausgeschlagenen Zähne verdanke ich einem Glas, aus dem ich einen Saft trank, und dem Tritt, den Darío ihm verpaßte: Der Tritt zertrümmerte das Glas und das Glas meine armen Zähne. Na und? Wo auch immer du gerade bist, Bruder, im Höllenkreis der Jähzornigen oder wo man dich sonst hingesteckt hat, von hier aus verzeihe ich dir. Jeden Tag werde ich an dich erinnert, dreimal täglich beim Essen. Und meine Mühe beim Kauen schmälert meine Liebe zu dir keinen Deut. Wofür gibt es Mixer! Außerdem werde ich doch in einer theologischen Abhandlung dieses Kalibers wegen drei Zähnen keinen Aufstand machen. Sind schließlich nicht zwei Augen.

Um ihr Reproduktionswerk mit einer goldenen Brosche zu beschließen, gebar die Jungfrau Maria Christusgaga, und siehe, es war eine Nachgeburt: der Große Sack, der hier wiederholt erwähnt wird, der Genius vom Cyberspaids. Als du ihn gesehen hast, du wandelnde Unvernunft, warum hast du ihn nicht an einen Zirkus verkauft, nichts machst du richtig! Unverzüglich hättest du handeln müssen, nicht lange gefackelt. Aber nein. Die Wahnsinnige, die kein Kopfmensch war und deren bescheidenes Urteilsvermögen, sofern vorhanden, jeden Maßstabs entbehrte, sündigte gleich zweifach, durch Tun und durch Unterlassen. Außerdem tendieren Frauen dazu, aufzuheben, was ihnen aus der Vagina kommt. Und nieder mit Spanien, Mutterland der Amtsschimmel mit deiner bornierten, kniewunden Masse, die dereinst fähig war zu rufen: »Ein Hoch auf die Ketten!«

Ein Jahr bevor sie wegen Darío kam, war Gevatterin Tod, Vernichterin von Gehaßtem und Geliebtem, wegen Papi hier gewesen und hatte ihn binnen eines Monats mitgenommen. Einen Monat lang scharwenzelte sie um ihn herum mit ihrem Aasfresseranhang, ihrem Hofstaat aus Geiern, Ärzten und Priestern, den ich wegscheuchte.

»Was soll das!« schimpfte ich. »Kannst du nicht allein herkommen und mußt dich dauernd mit diesem höfischen Geschmeiß umgeben. Du bist ja wie mein Freund Manolo Dueñas, der überallhin sein Gefolge mitschleppt, oder wie der Pfaffenpapst. Sieh mich an, Mondkalb, ich komme allein klar.«

Und allein, ohne Schreibkraft oder Computer oder Internet, werde ich, sobald diese kleine theologische Arbeit abgeschlossen ist, die mächtige »Detaillierte Bestandsaufnahme der Toten« ins Werk setzen, meiner Toten, all meiner Toten, denen du selbstverständlich vorstehst, du Unsterbliche, Barmherzige, Gerissene, meine Herrin Tod, du Arsch. Herzlich willkommen bei uns, in meinem Zuhause, deinem Zuhause im Laureles-Viertel, in der Stadt Medellín, Departement Antioquia, Staat Kolumbien, das der Himmel ist, allerdings unter den Höllen, und dessen Tür dir mein Bruder Silvio eines Tages oder, besser gesagt, Nachts sperrangelweit geöffnet hat: In der Nacht, als er sich den Kopf wegschoß. Danach folgten wir ihm alle, einer nach dem anderen wie die Schafe, die angeblich nacheinander in den Abgrund stürzen, obwohl ich eigentlich – und ich bin viel herumgekommen, habe viel erlebt und gesehen – nie welche habe stürzen sehen.

Silvio, mein dritter Bruder, war fünfundzwanzig, als er sich das Leben nahm. Warum er das tat? Tja, keine Ahnung, ich war nicht bei ihm damals, um wie Zola seine Gedanken zu lesen. Ich bin ein Schriftsteller der ersten Person und war außerdem sonstwo, so weit wie möglich weg von Kolumbien, von diesem Himmel, den ich vor Jahrhunderten hinter mir gelassen habe, als ich das Paradies verließ. Er nahm sich eben das Leben, wegen diesem oder jenem, weil er eins hatte, grundlos. Wir sprachen nie wieder von ihm, und wenn ich ihn jetzt Ihnen gegenüber erwähne, Herr Doktor, so, weil mich das »Verbalisieren« mitreißt. Ich liege hier auf Ihrer Couch und rede, und Sie hören zu und kassieren nach Taximeterstand. Ich bin der Redende, Sie der Kassierende – Sie kassieren dafür, daß Sie hören, wie ich mich selbst heile. Hören Sie also, was ich Ihnen nun erzähle, und kassieren Sie: Solange Papi in seinem Zimmer im Sterben lag, lümmelte die Wahnsinnige in einem Ruhesessel in der Bibliothek vor dem Fernseher und sah Serien. Zählt man die fünf Jahre Verlobungszeit mit, lebten die beiden seit sechzig Jahren zusammen, von denen mein Vater mindestens während der letzten zwanzig ihr Dienstmädchen gewesen war: Nicht ein Glas Wasser brachte ihm Doña Wahnwitz während dieses nicht enden wollenden Monats, in dem ich ihn sterben sah.

Sehr einfach ist das, Herr Doktor, verrückt sein und die andern können einen kreuzweise. Finden Sie nicht? Sehen Sie mich an, wie ich hier rede, fasele, Sie ausnutze, und Sie hören zu. Ich glaube nämlich an die befreiende Kraft des Wortes. Aber ich glaube auch an seine zerstörerische Kraft, denn wie es befreiende Wörter gibt, so gibt es auch zerstörerische Wörter, Wörter, die ich als unheilbar bezeichnen würde, denn einmal ausgesprochen, scheint es zwar, als würden sie vom Wind verweht, aber dann ist es zu spät, wie wenn einem jemand auf der Suche nach dem Mittelpunkt der Seele ein Messer ins Herz stößt. Wie beispielsweise welches Wort? Wie beispielsweise dieses »Hurenbalg«, Herr Doktor, das die Wahnsinnige uns so mütterlich, sanft, zärtlich vermacht hat, und Sie ahnen ja nicht, wie Wörter, wenngleich kraftvoll, zuweilen in ihrer Bedeutung verschlammen wie Matschwasser in einer Pfütze, keine Facette der Umgebung mehr spiegeln und dem Kommen und Gehen des Windes ausgeliefert sind. Und ich schicke Ihnen die Wahnsinnige nicht als Patientin, Herr Doktor, weil Sie an der wahnsinnig werden, wie Doktor Botero wahnsinnig an ihr geworden ist. Solche Marter übersteht kein Psychiater. Zuerst kommt die Ungeduld, dann verlieren Sie geistig den Boden unter den Füßen, stürzen, klettern zum Reden auf die Couch, und die Rollen sind vertauscht. Ich habe Doktor Pedro Justo Botero Restrepo Restrepo Botero gesehen, einen Antioquianer, wie er im Buch steht, zäh wie eine Eiche im Quadrat, der Schüler eines Schülers von Freud und der Frau von Jung und ein Fachmann für Traumata aus dem Zweiten Weltkrieg und aus dem Ersten Kolumbianischen Drogenkrieg (gestählt, wie man sagt, in tausend Schlachten gegen tausend Patienten), habe mit eigenen Augen gesehen, wie er sich die Haare büschelweise vom Kopf raufte und sein Diplom von der Wand nahm wegen der Wahnsinnigen. Geistige Gesundheit angesichts der Wahnsinnigen? Gestatten, daß ich lache, Herr Doktor. Ha! Selbst das eisernste Eisen besitzt einen Schmelzpunkt, und die Kontinente driften.

Mit der Zeit ließen sich sämtliche Ärzte von Medellín am Telefon verleugnen. Sie rief mitten in der Nacht bei ihnen zu Hause an und fragte:

»Herr Doktor, Sie haben gesagt, ich soll das Moduretic mit Wasser vor dem Essen nehmen. Ginge es nicht auch nach dem Essen mit einem Gläschen Orangensaft?«

Sie war besessen von Orangen, seit Papi La Cascada gekauft hatte, ein Gut, auf dem ausschließlich diese widerwärtigen Früchte wuchsen, weswegen die Clevere der Idee anheimfiel, wir müßten selbstgenügsam sein und »sparen«, indem wir morgens, mittags und abends ausschließlich Orangen aßen.

»Orangen haben kein Cholesterin«, sagte sie, Punktum, Wort Gottes.

Säcke über Säcke voller Orangen wurden von La Cascada nach Medellín gebracht, wo sie in den Kammern hinterm Haus verfaulten.

»Und warum haben Sie sie nicht verkauft?«

»Ach, Herr Doktor, wo denken Sie hin, wem denn! Hierzulande kauft doch niemand: alle klauen. Und damit ein Armer ein paar Orangen geschenkt nimmt, muß man sie ihm vor die Tür fahren. Man lädt sie ihm aus dem Auto, und unterdessen klaut einem ein anderer Armer aus dem Dreckloch das Auto. Das lassen wir besser. Sollen sie doch verfaulen, die verhurenbalgten Orangen.«

Heute stelle ich mir die Hölle als eine eintönige Diät aus dieser infamen Frucht vor, ohne Melodie, ohne Harmonie, ohne orchestrale Farbe, öd wie eine Oboe, die blökend in der Wüste predigt. Und den Himmel denke ich mir als ein paar im eigenen Saft fritierte Schmalzgrieben, die wütend knistern und vor Cholesterin triefen, von dem ich einen Blutpfropf kriege, der mir die Arterien verstopft und mein Herz zum Stillstand bringt.

»Und wenn sie so krank und Ihr Herr Papa kerngesund war, warum ist der Gesunde gestorben und die Kranke nicht?«

»Weil diese verfluchten Frauen von Antioquia allesamt ihre Ehemänner unter die Erde bringen wollen, deshalb, Herr Doktor. Papi ist von seiner zu Lebzeiten unter die Erde gebracht worden. Von Sparmaßnahme zu Sparmaßname hat sie ihn getriezt, bis die Leiche keinen Mucks mehr machte. Wissen Sie, wovon sich der Fakir am Ende seines Lebens ernährt hat? Vom Qualm der Rothaut-Zigaretten, die sie ihm auch noch abnehmen wollte. Vom Rauchen bekäme man Lungenkrebs. Unfug! Papis Lunge war sauber, als er starb, ich habe die Röntgenbilder gesehen. Sauber wie seine Seele.«

»Sparen« war das Lieblingswort der Wahnsinnigen, denn verschwenderisch gebärend, war sie ansonsten geizig, ein Rendónscher Geizkragen. Deshalb hielt es außer ihrem Gatten auch kein Dienstmädchen bei ihr aus.

»Schalt den Herd aus, Liebes«, brüllte sie von oben, »und mit der Restwärme der Platte könntest du mir einen Kaffee machen.«

Sie beherrschte sämtliche Subtilitäten heuchlerischen Herumschickens. Sie sagte beispielsweise nicht »Mach mir einen Kaffee«, sondern »Du könntest mir einen Kaffee machen«, was weniger fordernd klingt. Und »Liebes«? Ach so zärtlich! Schlange! Gehaßt hast du sie! Du hast sie genauso gehaßt wie sie dich. Das hinterfotzige Herumgeschicktwerden schlug den Mädchen auf den Magen, und mir lief die Galle über.

»Hallo!« schrie sie. »Jemand muß den Müll rausstellen, die Glocke hat schon geschlagen.«

Die »Glocke« war die Bimmel vom Müllwagen. Der »Müll« waren unsere Säcke voller fauliger Orangen, die auf die Straße gestellt werden mußten. Und »jemand« war, wer auch immer ihren Aktionsradius kreuzte. Überflüssig zu betonen, daß, war ich es, der ihn kreuzte, aus »jemand« in meinen Ohren »niemand« wurde, »keiner«.

Sie war die Tochter ihres Herrn Papa, meines Großvaters, der folgendermaßen Benzin sparte: Oben in El Poblado stellte er den Motor seines Wagens ab, eines Hudson Baujahr 46, und versuchte mit Hilfe der Schwerkraft und des Schwungs, den er aus Envigado noch draufhatte, bis ins Zentrum von Medellín zu rollen, dreißig Straßenzüge durch den dicksten Verkehr aus Fußgängern und Autos. Was, wenn ihm ein Fußgänger in die Quere kam? Schlecht für den. Er bremste nicht mal für den Putas, den Sie ja bereits kennen. Einmal fuhr er zwei Bauarbeiter und eine Nonne um. Die Nonne kostete es die Hüfte, die Bauarbeiter weiß nicht was. Aus dem Restschwung des Autos meines Großvaters wurde die Restwärme der Herdplatten der Wahnsinnigen.

»Und wieso war Ihre Familie so geizig?«

»Weil sie so ehrbar war. Hätten wir in der Regierung geklaut wie Samper, wir hätten uns die Sparerei schenken können. Ach nein, Entschuldigung, eine Verwechslung, der Dieb war nicht Samper, López war das, López Michelsen, der in Mexiko zum Fachmann geworden war. Ein jakobinischer Liberaler mit Arschgesicht, der behauptet hat, das Recht sei nicht gottgegeben, sondern sprudele aus der Gesellschaft wie eine Quelle aus dem Boden und man müsse nicht glauben, daß es Gott gibt.«

»Und wenn es Gott nicht gibt, wer hat den dann erschaffen?« wollte die Wahnsinnige wissen, das Argumentationsgenie.

»Ein Mischmasch aus Zufall, Sperma und Körperschleim«, sagte ich zornig.

»Mit dir kann man wirklich nicht reden«, bemerkte sie.

»Nein«, bestätigte ich, ihr Ex-Sohn, für den das Thema Theologie mit ihr gestrichen war und der nach und nach alle anderen strich, bis vollendete Stille zwischen uns eintrat.

Hätte ich zu meiner Großmutter gesagt, daß es Gott nicht gibt, sie hätte für mich gebetet. Aber die Wahnsinnige gab Widerworte. Ach Gott, was habe ich nicht alles versucht, um diese unbehauene Seele zu erhellen, etwas Licht ins Stockdunkel ihrer Hirnwindungen zu tragen!

Und so wie »sparen« ihr liebstes Wort war, war ihr großer Satz: »Der Mensch ist schlecht.« Und was war sie? Ein Karnickel? Ihr Gebärverhalten legte das zwar nahe, aber ihre Ohren und ihre vier Gliedmaßen sprachen dagegen. Und getreu ihrem Satz war sie niemandem grün. Freundinnen hatte sie nicht, die Ärzte mieden sie, die Dienstmädchen haßten sie, den Priestern war sie ein Greuel, außerhalb ihres Hauses liebte sie niemand, und drinnen? Das weiß Gott allein.

Seit zwei Wochen saß sie vor dem Fernseher, während Papi starb, und ich sah sie und traute meinen Augen nicht.

»Was guckst du da?« fragte ich.

»Eine tolle Serie mit einer hundsgemeinen Bösen.«

»Die Böse bist du«, sagte ich, und das war das letzte, was ich zu ihr sagte, denn danach redete ich nicht mehr mit ihr.

Auf der Stelle schaltete ich ihr die widerliche Kiste aus. Diesmal sagte sie nicht das allseits bekannte »Hurenbalg« und schickte auch niemanden, den Apparat wieder einzuschalten. In ihr gähnend leeres Köpfchen drang wohl endlich die Erkenntnis, daß ihr Mann, ihr Dienstmädchen, im endgültigen Abschied begriffen war. Ich bin kein Schriftsteller der dritten Person, und daher weiß ich nicht, was meine Figuren denken, aber diesmal werde ich Ihnen ausnahmsweise verraten, was die Böse aus der Fernsehserie dachte: »Was nun? Wen von den übrigen mache ich jetzt zu meinem Dienstmädchen?« Das dachte die Wahnsinnige tief in ihrer schwarzen Seele, und falls nicht, soll mich Gott widerlegen.

Die folgenden zwei Wochen verliefen in Stille, in einem bedrückten Kommen und Gehen von Kindern, Schwiegertöchtern, Schwiegersöhnen und Enkelkindern. Die einen kamen, die anderen reisten ab: Aníbal, Manuel und Gloria mit ihren Familien; Darío, der aus Bogotá gekommen war; Marta, die aus Cali gekommen war; Carlos, der aus den Bergen gekommen war und seinem Liebsten eine Feuerpause gönnte, und ich, der ich aus diesem Land, in dem ich lebe, gekommen war, dem Land der undurchsichtigen Gedanken und krausen Absichten. Ah, halt, bei diesem übereilten Aufzählen der großen Familie hätte ich das Wichtigste beinahe vergessen, ihre beiden Pfeiler, ohne die unser Haus eingestürzt wäre – die Wahnsinnige und ihre Nachgeburt von einem Großen Sack, der sich mit jedem Tag, während Papi starb, mehr vom Haus unter den Nagel riß: ein Zimmer, noch eins, noch eins, die Böden, die Decken, das Klavier, den Fernseher, der mit seinen riesigen Füßen und seinem plumpen Geist bocksbeinig alles entweihte, selbst den heiligen letzten Willen eines Toten.

Als ich aus besagtem Land zurückkehrte, um in seinen letzten Tagen bei Papi zu sein, konnte ich schon nicht mehr mit ihm reden. Er war von grenzenloser Beklemmung durchdrungen, von einer Traurigkeit groß wie der Tod, die ihn mundtot machte. Er sah lebendig aus, aber er war tot, das Flämmchen, um das er sich ein Lebtag gekümmert hatte, war erloschen: die Hoffnung. Hoffnung worauf? Was erhoffte er? Das ist mir schleierhaft, denn Ambitionen hatte er nie gehegt, weder politische noch wirtschaftliche, noch sonstige. Womöglich die Hoffnung, noch einmal nach La Cascada zu fahren, auf sein Landgut, wo er schon seit Jahren nicht mehr gewesen war, weil er fürchtete, man werde ihn entführen und von uns den Jeep als Lösegeld für seinen Leichnam fordern? Möglich. Oder womöglich bloß die lausige Hoffnung, einen Tag mehr im El Colombiano die Todesanzeigen derer zu lesen, die am Tag zuvor gestorben sind? Möglich. Es gibt ein Alter im Lebenszyklus des Homo sapiens, da wird aus der Krone der Schöpfung ein Frühaufsteher, der im Morgendämmer nach der Zeitung greift, die eben unter der Tür durchgeschoben wurde, und sie begierig aufschlägt, um zu sehen, wer gestorben ist. Also bitte, wenn man so weit ist, ist man selber schon tot.

Das letzte Mal unterhielt ich mich mit Papi einige Monate, ehe er starb, am Vorabend einer meiner sinnlosen Abreisen, die wegen des einen oder anderen Toten immer wieder mit der Rückkehr endeten. Wie so viele Male zuvor setzten wir uns zum Reden auf den Balkon. Diesen Balkon (den die Wahnsinnige »Das Vogelhaus« nannte) hatte sich Papi zur zweiten Bibliothek erkoren, hatte ihn verglast und las dort (sofern die Wahnsinnige ihn ließ), und beim Lesen beobachtete er wie ein Wachposten im Turm aus den Augenwinkeln die Straße und die Pflanzen im Vorgarten (die wir im übrigen an den Wurzeln mit elektrischen Drähten gesichert hatten, eine eigene Erfindung), damit sie nicht irgendein gelangweilter Passant mitnahm, denn wir lebten nun mal im Langfingerland, wo ganze Häuser mitsamt ihren Böden, Decken und Sanitäranlagen Beine bekommen und wo man Charon den

Kahn, Christus das Kreuz und dem Dieb von Bagdad die Käsesocken klauen kann. Dort im Ausguck, von dem herab wir Kolumbien und sein Elend überblickten, sprachen wir Stunde um Stunde über unser armes Land, das unter Strömen von Blut und Öl verschied, geplündert von den Beamten, bestochen von den Drogenbossen, in die Luft gejagt von der Guerrilla, und als wäre das nicht genug, verwüstet von einer Dichterplage, die zu Millionen und Trillionen über uns kamen wie die biblischen Heuschrecken über Ägypten. Aber bei unserem letzten Gespräch wechselte er das Thema.

»Was kommt wohl nach dem Tod, mein Junge?« fragte er.

»Nichts, Papi«, sagte ich. »Man ist nichts als ein paar Erinnerungen, Futter für die Würmer. Wenn du stirbst, lebst du in mir fort, weil ich dich liebe, du lebst in meiner schmerzlichen Erinnerung, und wenn ich dann sterbe, verschwindest du für immer.«

»Und Gott?«

»Gibt es nicht. Sieh dich doch um, überall Leid, Entsetzen, Menschen und Tiere, die einander umbringen. Wie sollte es dieses Scheusal geben?«

Abgesehen von den Rothaut-Zigaretten und einem Eiersüppchen dann und wann, das er sich selbst zubereitete, lebte Papi in seinen letzten Jahren praktisch von Nachrichten: Zuerst die aus dem El Colombiano, im Morgengrauen gelesen, und dann die Radio- und Fernsehnachrichten rund um die Uhr. Den ganzen Tag plärrten die beiden vermaledeiten Geräte was das Zeug hielt, brachten die Fensterscheiben zum Beben und das Trommelfell zum Bersten, weil der Tragödiensüchtige langsam taub wurde, sich aber weigerte, einen Kopfhörer aufzusetzen.

»Sssscht, ich will das hören«, sagte er.

Und er hörte. Wer auch immer sei zu was auch immer ernannt worden. Hinzchen habe sich mit Kunzlein verschworen und Dieserchen mit Jenerlein. Der Präsident habe gedroht. Der hohe Beamte habe erklärt. Der Bauminister habe gebaut. Ach ja, und Fabito Puyo, Gilmíllers Sohn, Ziehkind des Präsidenten und Augenstern eines Ex-Präsidenten, habe die Unternehmensgruppe Varias um eine Milliarde geprellt, habe sie ruiniert und Kolumbien nebenbei Strom und Wasser abgestellt, weil er das Unternehmen an Venezuela verkauft und das Geld eingesteckt hatte, und hasta la vista, baby: in Deutschland sei er gesichtet worden, als er die Scheine bündelweise für Nutten und die Bestechung von Interpol ausgab. Ach ja, und Frau Hinzchen kandidiere für den Bürgermeisterposten von Manizales und Frau Kunzlein für den Gouverneursposten von El Valle, und laut Umfragen würden sie gewählt. Denn die Uninformierten sollten wissen, daß nach den sieben ägyptischen Plagen Kolumbien jetzt zusätzlich von stierkämpfenden Frauen heimgesucht wird. Noch nicht zufrieden damit, uns die Erde mit Kindern und das Meer mit vollgeschissenen Windeln zu füllen, streben die Schlampen nun nach den scheiß Posten, die wir vor zweihundert Jahren unter übermenschlichen Mühen, mit Machete und Blut und Schweiß und Tränen dem Spanier abgenommen haben. Wir würden zwar im Stehen pinkeln und sie im Sitzen, gleichwohl hätten sie das Recht zur Aspiration. Sie haben die Spülung gedrückt, die Hosen hochgezogen, das miefige Klo verlassen, und auf zum fröhlichen Ausschlachten des Rests der Res publica wie jeder dahergelaufene pimmelbewehrte Posteninhaber! Unfähig, ignorant und kriecherisch sind diese Schoflen die Karriereleitern hochgekrabbelt wie

Kakerlaken eine Wand. Eine namens Emma war bereits oben, war Ministerin, und jetzt strebte sie selbstgefällig und angestachelt das Präsidentenamt an. Die Vagina an der Macht? Wer hätte das gedacht.

»Famös! Kolumbien ist am Ende!« verkündete ich.

Woher, Kolumbien ist nie am Ende! Heute sehen wir es abgenagt vom Ferkelstecherpack, zerfressen vom Krebs der Günstlingswirtschaft, verschlungen vom Heißhunger des Konservativismus, des Liberalismus, des Katholizismus, dem Tode nah und ausgezehrt, und morgen erhebt es sich von seinem Sterbebett, kippt sich einen Schnaps hinter die Binde, und vorwärts, als wäre nichts gewesen, auf zur Enthemmung, zum Schlachten, zum Hexentanz! Kolumbien, Kolumbiene, Kolumbienchen, mein Täubchen, du wirst mich doch nicht etwa vergessen, wenn ich sterbe, oder?

»Sssscht«, brachte mich der Radiohörer zum Schweigen.

Er hörte eine Zusammenfassung der Unverschämtheiten, die sich der Kongreß im vergangenen Jahr geleistet hatte.

»Im kommenden Jahr ist alles verjährt«, sagte er. »Das Gesetz dazu haben die Knaben selber erlassen, ein Wunderhorn.«

Sein Bild steht mir lebhaft vor Augen, wie er da würdevoll im Lehnstuhl auf nämlichem Balkon vor nämlichem Radio sitzt und den Ränken des Kongresses lauscht.

»Hör doch nicht dauernd Nachrichten, so viel Niedertracht ist Gift für die Seele«, riet ich ihm.

Woher! Er hörte sich das an, wie sich jemand eine Fußballübertragung anhört, mit Sportsgeist. Bis zum Ende bewahrte er sich den Optimismus, seinen Glauben an das

Leben, seine gute Laune. Er war ein Heiliger. Frohgemut, ohne weiter darüber nachzudenken, zeugte er dreiundzwanzig Kinder in einer einzigen Frau, und als er starb, hinterließ er uns ein Haus in Laureles, drei kümmerliche Kühe auf einer Parzelle und in der Seele eine untröstliche Erinnerung.

Ach ja, und die Ehre, die hat er uns auch hinterlassen, die nützlich ist wie Männertitten. Die Ehre gibt keine Milch. Milch gibt ein gut gemolkener öffentlicher Posten. Papi, wir haben auf Abwegen gelebt und sind auf ihnen gestorben, sind sauber geblieben, aufrichtig und ehrbar. Als Preis dafür gibt's den Himmel. Da sitzen wir dann und lauschen dem Harfenspiel der Cherubim. Sollen sie dir deine Posse »Vom bäuerlichen Landleben« spielen. Mir »Die Große Satanskantate«.

Mein Sohn! Laß dich aufstellen, und mach den Posten zu Geld. Daß du mir nichts unterschreibst, ohne geschmiert zu sein, denn die Welt gehört den Lebenden und das Himmelreich den Trotteln. Gib nichts, wenn dir nicht gegeben wird, und wird dir nichts gegeben, laß warten, Eile haben die anderen. Deren Eisenhütte läuft auf Hochtouren, und sie haben es eilig. Du nicht, du hast dein Gehalt. Industrie? Landwirtschaft? Arbeitsplätze für die Arbeitslosen? Sollen die anderen sie aufbauen, betreiben, schaffen, das sind schließlich die Ausbeuter. Du nicht, du bist ein Heiliger. Und merke dir: Ein Funktionär, der seinen Posten aufgibt, ist keiner mehr, ist einer gewesen. Daher spricht man vom »Ex-Minister«, »Ex-Präsident« mit einem erbärmlichen x. An diesem x scheiden sich Sein und Nichtsein. Laß also keinen Posten fahren, ohne einen besseren in petto. Erniedrige deine Untergebenen, mach deinen Vorgesetzten den Pudel, und wenn deine Vorgesetzten stürzen, beiß sie ins Bein,

Loyalität ist eine Untugend der Verräter. Du wirst doch deine Interessen nicht für einen Ex-Chef verraten! Ein Ex ist nicht mehr. Und steig auf auf auf, denn je mehr du aufsteigst, desto mehr steigt dein Land ab. Niemand ist oben, wenn niemand unten ist. Wirf dich der Presse nicht an den Hals, du bist schließlich kein verliebtes Weibchen und darfst nicht vergessen, daß heutzutage alles aufgezeichnet wird; sag ja aber nein, trübe die Gewässer, in klaren Flüssen lassen sich keine dicken Fische fangen. Hol dem Volk einen runter, schleim dich bei den Mächtigen ein, weine mit den Entrechteten und mach allen Versprechungen Versprechungen Versprechungen, und bist du erst gewählt, töne in alle Winde, wie sehr du dein Land liebst, aber falls es einer haben will, verkauf es, und falls nicht, beleih es, die kommenden Generationen zahlen: Die Zukunft gehört den Jungen. Mit den versprochenen Häusern, Straßen, Schulen, Kliniken, Universitäten und Schnellstraßen kannst du es halten wie mit den Brükken – laß sie in der Luft hängen, zwischen den Ufern über dem Nichts. Du wärst schön blöd, wolltest du für luxuriöse Gemeinplätze verschwenden, was du selbst zum Leben brauchst. Für deine Herrenhäuser, deine Flugzeuge, deine Paläste, deine Jagdschlösser, deine Inseln, deine Strände, deine Jachten, deine Nutten, deine Delikatessen. Und wenn du abtrittst, falls du abtrittst, denk immer daran: Was du zurückläßt, trägt die nächste Windböe fort. Geld in öffentlichen Schatztruhen ist flüchtig wie Terpentin. Das und das und das würde ich meinem Sohn mit auf den Weg geben, angenommen, ich hätte einen. Aber ach, ich praktiziere den Beischlaf mit Evas Töchtern nicht, und die Existenz stellt sich offensichtlich ohne Causa efficiens nicht ein. Die Ehrenwerten können mich. Ehrenwert ist der Papst, Seine Heiligkeit! Und außerdem arbeitsam: Er pflügt den Acker von früh bis spat.

Dem Vorbild dieses unermüdlichen vatikanischen Arbeiters folgend, ging die Wahnsinnige im Obergeschoß ihres Hauses ans Werk – mit ihren armen Stimmbändern:

»Geh runter und sag deinem Papa, er soll die Waschmaschine anstellen, er weiß, wie das geht«, befahl sie mir, der ich vorbeikam.

»Nein, blöde Schickse. Geh runter und sag's ihm selber«, antwortete ich, der ich vorbeiging.

Sie hatte ihre Herumschickerei derart verfeinert, daß sie einen mittlerweile durch eine zwischengeschaltete Person herumschickte, damit sie nicht schreien mußte. Und dein Papa? Mein Papa, der Ex-Senator und Ex-Minister, dieser Heilige von einem Ehemann? Vor den Pflug seines Schicksals gespannt, pflügte der Ochse. Sie saugte ihn aus. Sie schlürfte seinen Geist weg, und sein Körper hungerte sich, nicht Fisch, nicht Fleisch, durch die Tage. Daher antwortete ich einem Soziologen von der Universität Antioquia, der mir erklärte, die einzig glücklichen Familien in Kolumbien seien die von Politikern:

»Aha ...«

Einmal, als die Wahnsinnige und ich schweigend in der Bibliothek saßen, sie fernsah und ich ihr zusah, wie sie verrohte, schickte ich sie los, ehe sie den Mund aufmachen konnte:

»Geh runter, und mach mir einen Orangensaft.«

Wie sie die Augen aufriß in ihrem übernatürlichen Unglauben! Der Herumgeschickte herumschickend! Und schon bekam sie Herzrasen. Kuba empfehle ich ein ähnliches Verhalten gegenüber dem Tyrannen: unbeugsamer Wille und entschlossene Tat.

Ich war eingenickt, während ich noch über Sein und

Schein nachdachte und die Streben des gewaltigen Gerüsts aus Heuchelei und Lügen zählte, auf dem das Leben der Menschen gebaut ist, hatte aber gleichwohl einen schönen Traum. Mir träumte, ich sei in Kolumbien, hätte einen kleinen Posten im Außenministerium und in den internationalen Beziehungen eine Öffnung von der Größe eines Lastwagens herbeigeführt, durch die ich den Vereinigten Staaten eine Wagenladung Koks schickte. Koks ist ein zartes, weißes Pulver, das uns in die Nase steigt und unser Gehirn umschmeichelt und trotz seiner Zartheit mehr einbringt als Kaffee. Kaffee ist ein Unkraut, ein Schädling, eine Landplage, das Grab aller Hoffnung, und falls Sie mir nicht glauben, bauen Sie halt welchen an. Mit Hilfe der Bürokratie ist dieser Dreck nach Kolumbien gekommen. Verflucht sei der, der ihn gebracht hat. Und seine Mutter. Und Spanien und die katholische Religion gleich mit. Und bis über beide Ohren verunkrautet und mit laufender Nase wegen des vorwitzigen Pulvers, das durch die Ritzen des Lastwagens rieselt, höre ich das Telefon klingeln und wache auf. Meine Schwägerin Nora war dran, die mich aus dem Land der Träume anrief, um mir zu sagen, daß Papi, mein Papa, mein Vater, das einzige Elternteil, das ich hatte und haben konnte (weil meine Mutter keinen Pfifferling wert ist) krank war und die Ärzte das Schlimmste fürchteten. Ich solle sehen, ob ich heimkäme.

»Natürlich komme ich. Und zwar sofort, aber bis ich angezogen bin und mein Flugzeug landet, hältst du ihm die Widerlinge vom Hals.«

Und ich legte auf und zog mich an und verließ die Wohnung und nahm ein Taxi zum Flughafen und am Flughafen ein Flugzeug ins Land des weißen Pulvers, Ex-Kaffee, und während ich durch Gottes weiten Himmel flog, verfluchte ich diese aasgierigen Unglücksvögel, die scheinheiliger und durchtriebener sind als der Papst und langfingriger als Herr Langfinger. Und von Fluch zu Fluch schlich sich eine vage Unruhe in meinen Geist, in diese vollgestopfte Bodenkammer, die keine Toten mehr aufnehmen kann. Papi würde doch nicht etwa vor mir sterben, in flagranter Verletzung der neuen kolumbianischen Verfassung, die festlegt, daß die Chance zu überleben steigt, je älter der betreffende Bürger ist. Und in der Tat werden aus den Kindern in den Elendsvierteln Medellíns, den sogenannten Kommunen, die von Menschen überflutet an den Berghängen der Stadt hinaufwachsen, sie überblicken und belauern und uns eine Vorreiterrolle für die Menschheit sichern, werden aus diesen Kindern keine Jugendlichen, weil sie sich vorher gegenseitig beseitigen, fast noch in den Windeln. Erwachsene Männer sind in diesen Ausweidegründen ähnlich rar wie Kühe mit baumelndem Euter in den Straßen von New York. Alte dagegen sieht man schon, Überlebende. Die Alten in den Kommunen Medellíns sind so geschwächt von Argwohn und Haß, so ausgepumpt, daß ihnen selbst zum Töten die Kraft fehlt. Sieht ein Alter einen andern in der sengenden Sonne einen dieser Hänge hinaufsteigen, die Wermutstropfen in Strömen ausschwitzend, bedauert er ihn bei sich: ›Armes Hurenbalg!‹ Und dasselbe denkt sich der andere über ihn. Wenn einer lange genug in den Kommunen Medellíns lebt, wird aus dem Haß Mitleid. Aber warum erzähle ich Ihnen das, wo war ich? Ach so. Ich sagte, ich könne es nicht hinnehmen, daß Papi vor mir starb, weil ich seinem Andenken nicht gewachsen war. Wo bitte wollte der noch unterkommen in dieser vollgestopften Rumpelkammer? Um ihn dort hineinzuschaffen, würde ich zuvor mindestens vier Tote ausräumen müssen.

Außerdem stirbt ein Vater, der vor seinem Sohn stirbt, ungestraft. Er hat nach ihm zu sterben, damit er leidet und ihn begraben muß und so wenigstens einen Teil des namenlosen Verbrechens sühnt, das er begangen hat.

Hämatologen, Hepatologen, Kardiologen, Pneumatologen, Gastroenterologen und Radiologen, die einander Papis Ball zuspielten, das fand ich vor, als ich ankam. Einzig Mannschaftskamerad Totengräber fehlte ihnen noch, um das Tor zu machen. Und jetzt zeigte Nora mir die Radiographien, Tomographien, Sonographien, Ösophagoskopien, Colonoskopien, den gesammelten Schwindel, die gesammelte Niedertracht.

»Was siehst du?« fragte sie, als ich eine dieser Schweinereien gegen das Licht hielt.

»Flecken«, sagte ich, »Flecken über Flecken, die ebensogut Tumore wie vernarbtes Gewebe sein können. Unmöglich zu sagen. Wozu diese ganzen Untersuchungen? Er ist zweiundachtzig, hat kräftig gelebt, kräftig geraucht, kräftig getrunken, was wollen sie mehr? Oder bilden die sich ein, sie könnten ihn heilen? Falls seine Leber geschädigt ist, wollen sie ihm eine neue transplantieren? Und falls er Krampfadern in der Speiseröhre hat, schneiden sie ihn auf? Ausgeschlossen. Wozu ihn also komplett durchleuchten? Falls Papi etwas Harmloses hat, wird er von selber wieder gesund; und falls nicht, kann man nichts machen.«

Wir betraten das Zimmer, in dem Papi im Sterben lag. Vom Grund des Todes sah er mich mit glasigen Augen an. Ich trat ans Bett, küßte ihn auf die Stirn und hörte sein Herz ab: Es maß weiter in trotzigem Takt die Zeit. Dann betastete ich seinen Rumpf und spürte einen riesigen harten Stein. Als wir das Zimmer verließen, gab ich leise meine Diagnose:

»Betet, daß es Zirrhose ist und kein Leberkarzinom.«

Aber meine zögerliche Zuversicht legte sich stante pede darauf fest, daß es Zirrhose war, er noch zehn Jahre leben und ich vor ihm sterben würde, und in knappem Telegrammstil verfaßte ich die Anzeige für den El Colombiano: »Dank sei dem Heiligen Geist, Zirrhose war es, kein Leberkrebs.« Und unterschrieben Familie Soundso. Und euphorisch gestimmt trat ich wieder in sein Zimmer.

»Papi, was du hast, ist zum Glück halb so wild: Bloß Leberzirrhose, die kriegt jeder. Dolores del Río hatte eine, und die hat in ihrem langen Schauspielerleben am Alkohol höchstens genippt, und da solltest du keine kriegen, wo du unserer geliebten Schnapsfabrik Rentas Departamentales de Antioquia immer treu ergeben warst? Aber geschenkt, diesen flüssigen Rausch solltest du dir allerdings für die nächsten fünfzehn oder zwanzig Jahre besser schenken, bis die Wissenschaft weiß, wie man Lebern erneuert. Rauchen kannst du dafür jederzeit, am besten Marihuana, davon bekommst du vielleicht Appetit. Obwohl ich gar nicht weiß, ob ich dir das wirklich wünschen soll bei dem eingefleischten Fakirismus hier.«

Nach meinem Dafürhalten mußte man ihn den Klauen des Hungers und der Wahnsinnigen entreißen und zum Essen bewegen.

»Ein kleiner Flußfisch vielleicht, so einer, wie wir sie auf der Fahrt nach La Cascada am Cauca-Ufer gegrillt haben, wär das nichts?«

Er schüttelte den Kopf, brachte kein Wort heraus.

An diesem Abend sah ich, vom Balkon ins Leere starrend, die dumme Sonne zwischen den Bergen unter- und den dummen Mond zwischen den Bergen aufgehen. Wie auf Kommando erstrahlten im Dunkel die unzähligen Lichter der unzähligen Stadtviertel, und in ihrem Schein und dem des Mondes erkannte ich vor dem schwarzen Gewölbe des Himmels Gevatterin Tod; die zerfasernden Ascheflügel schwingend, stieß der große blinde Vogel auf Medellín und mein Zuhause herab. Manrique, Aranjuez, Boston, Enciso, Prado, Laureles, Buenos Aires, La América, San Javier, San Joaquín, Santa Cruz, San Benito, Santo Domingo Savio, El Salvador, El Popular, El Granizal, La Esperanza, La Francia, alte Stadtviertel, neue Stadtviertel, meine Viertel, fremde Viertel, Viertel, Viertel, Viertel, die sich fortpflanzten, die blind den Genen folgend die Menschenplage verbreiteten, überzeugt davon, daß nicht stirbt, wer sich fortpflanzt, weil er in seinen Nachkommen weiterlebt. Idioten! Wer tot ist, ist tot, und die Nachkommen sind die Würmer, die essen, was man hinterläßt. Hinterlaß Schulden. Gib aus, was du hast, wofür ist egal, für Nutten, für Jachten, für CDs, mit jedem Tag verschüttet die Zeit als letzte Totengräberin ein Stück der Erinnerung an dich. Von der Nachwelt hast du nichts zu erwarten – ein paar Blumen auf dem Sarg, bestenfalls, und Schaufeln voller Erde bei der Beisetzung, und dann Staub des Vergessens. Sollen sie Scheiße erben. Verdammt, und mir fahren ständig volltrunkene Besserwisser in die Parade! Alle, alle auf dem Holzweg. O Richterin Tod, Gleichmacherin, meine Patin, mein Schätzchen, tilg diese Bande von Hurenbälgern, laß keinen übrig, tilg sie alle mit dem Schlag deiner Flügel.

Und wie sollte ich Papi, der starb, jetzt sagen, daß ich ihn liebte, wo er mir ein Leben lang keine Gelegenheit dazu gegeben hatte? Am Ende sprach ich mit ihm, und er hörte mich nicht; er war in einen Dunst aus Traurigkeit gehüllt, und was ich sagte, erreichte ihn nicht. Im Stundenglas rieselten unerbittlich die letzten Körnchen. Später schlossen wir ihn an eine Flasche mit Serum an, und nun maß sich die Zeit in Tropfen von Glukoselösung. Einer, noch einer, noch einer fielen sie unschlüssig, zögerten wie sein müdes Herz. Da begriff ich, daß nicht sein würde, was nicht gewesen war.

Von meiner Schwägerin Nora kam der Vorschlag, ein Medizinerehepaar herzubitten, sie kenne die beiden, und sie wüßten einem beim guten Sterben beizustehen.

»Ob mit oder ohne ›gut‹, reicht es nicht, daß sie Ärzte sind, Norita? Von jeher tun die nichts anderes, als uns mit dem Segen des Priesters in den Abgrund der Ewigkeit zu stoßen.«

Aber nein, diese würden uns dabei helfen hinzunehmen, was nicht hinnehmbar war, daß Gevatterin Tod uns das Haus einriß.

»Na schön, aber sag mir vorher Bescheid, sie sollen mir nicht unter die Augen kommen.«

Ich kann weder Ärzte noch Priester ertragen. Weder Politiker noch Bürokraten, noch Polizisten, noch den Rest der ganzen Bagage.

Also brachte sie die beiden ohne Vorwarnung an, und sie überrumpelten mich, als ich in dem Käseblatt El Colombiano die Dankesanzeigen an den Heiligen Geist las. Sie sahen sich den Patienten und seine unzähligen Analyseergebnisse an und waren mit mir der Meinung, es könne Zirrhose sein. Wer mit mir einer Meinung ist, dem öffne ich sogleich einen Ort in meinem Herzen und erhebe ihn in den Stand derjenigen, die im Besitz der unanfechtbaren Wahrheit sind, und so verfuhr ich auch mit diesen beiden. Zwei Tage später kamen sie zurück und widerriefen: Es sei ein Leberkarzinom. Und so dann doch nicht. Und wie sie es betreten hatten, verließen sie mein Herz. Durch die Vordertür. Worauf ich Galle über diese beiden böswilligen Auguren spie.

»Leberkarzinom? Krebs? Geht's noch schwachsinniger? Er hat Krampfadern in der Speiseröhre, also ist es Zirrhose.«

Und Schluß, Punktum, meine Entscheidung war gefallen.

Die Wahnsinnige zog sich ein präsentables Kleidchen an, stieg, o Wunder, die Treppe hinunter und landete in der Stube bei den beiden promovierten Widerlingen, um sich zum Affen zu machen und ihrem Besuch den Eindruck zu vermitteln, sie werde, selbst wenn ihr Mann starb, ganz die alte bleiben, eine unverwüstliche Eiche, die unvergeßliche Persönlichkeit. Und schwätzt und schwätzt und schwätzt und schwätzt.

»Wie!« sagte ich zu Glorita, die mit mir oben war. »Haben sie der Meßwein gegeben, oder wieso quasselt die wie ein Buch!«

Die Wahnsinnige war los, war gestochen von diesem Hafer, den man heutzutage »Profilneurose« nennt und der den Papst Tag und Nacht in den Hintern piekt. Und schon stolziert der Pfau raus auf den Balkon, um urbi et orbi seinen albernen Schwanz aufzufächern und den herdenhaften Pöbel mit seinem Segen zu besprenkeln. Segentriefend trotten die Hammel sodann nach Hause, wo sie auf ihren ehrwürdigen Ärschen die Fußballweltmeisterschaft im Fernsehen verfolgen.

»Du verpaßt nichts, wenn du jetzt stirbst, Papi«, sagte ich ihm. »Die Schande wird nur neu aufgelegt.«

Ich ging die Treppe hinunter, öffnete die Haustür, und mit einem Mordsknall, der das Haus erzittern ließ und Gevatterin Tod von ihrem scheißhohen Roß herunterholte, verließ ich das Haus. Sich mir gegenüber profilieren wollen, in einem meiner Bücher, Arschlöcher!

Der Bus war gesteckt voll mit Vogelscheuchen, das ist

es, was dieser miese gebärwütige Menschenschlag produziert. Oder? Wie viele muß man sich ansehen in diesem Gruselpanoptikum, bis man eine Schönheit findet? Tausend? Zehntausend? Hunderttausend Fehlpressungen? Sehen Sie in den Spiegel, ehe Sie es treiben, ehe Sie zeugen, empfangen, gebären, Sie Knallcharge, oder fürchten Sie, Ihre Vorlage könnte verlorengehen? Plötzlich fiel mein Blick auf einen dunkelhäutigen Jungen mit grünen Augen, der mit prächtig gespreizten Beinen auf seinem Platz saß, und die Sonne ging auf. Ach, Heiliger Bimbam, Sex pur, Hilfe! Keine Frage, es gibt Gott, sagte ich mir. Und ich gab mich in Seine Hand, in die Hand des Allmächtigen, und bat ihn, flehte ihn aus dem Dunkel meines Innersten bei seiner heiligen Mutter an, er möge mir helfen, diese Schönheit zu gewinnen. Er hörte mich, wie die taube Nuß das Laub rascheln hört. Der Junge stieg in der Calle Carabobo aus, mitten im Zentrum, und in dem Gewusel aus Gaunern und Gesindel verlor ich ihn aus den Augen. Moral: Es gibt Gott, aber er ist für den Arsch. Man sollte seine Zeit nicht mit Ihm verschwenden.

Gegen Abend kehrte ich zurück ins Tollhaus, ins Sterbehaus, und fand folgende Szene in der Stube vor: Verblödet, idiotisiert, belemmert hörten die arbeitsscheue Königin und ihr großes Bienenvolk, wie das thanatophile Medizinerpaar seine Rede abspulte. Mit ihrem Schwulst hatten die beiden alle umgarnt und in einem dichten Netz aus Honig gefangen. Ich war bloß ein paar Stunden weggewesen, und schon hatten sich alle damit abgefunden, daß Papi sterben und unser Haus einstürzen würde. Ich lief völlig außer mir die Treppe hoch und trat in sein Zimmer. Durch die halb geschlossene Jalousie des Fensters, das zum Balkon ging, fielen die letzten Strahlen der

Sonne, und im hinterhältigen Dämmer starb das Licht des Tages.

»Papi«, sagte ich, »ich lasse nicht zu, daß du länger leidest. Wenn du sterben willst, verlaß dich auf mich, ich helfe dir.«

Ich Idiot! Wer hieß mich reden? Wenn Papi etwas nicht wollte, nie gewollt hatte, dann war es sterben; statt die Dunkelheiten auf der Unendlichkeit zu zählen, zog er lieber weiter den Karren des Tollhauses und seiner Wahnsinnigen. Seine Antwort war ein müdes Ach zum Zeichen, daß er nicht verstanden hatte. Da plötzlich, als erhellte mir ein Blitz in stockfinstrer Nacht das ganze Panorama meiner Bestimmung, begriff ich, daß ich ihn ohne sein Wissen töten mußte und daß er mir deshalb vor so vielen Jahren arglos das Leben eingegeben hatte: Damit ich, wenn es soweit wäre, die Rolle der stillen und gütigen Gevatterin spielte. Das war's! Der Grund für meine Geburt und mein Leben. So viel gelebt, so lange geatmet ohne einen Schimmer! Und mein Bruder Silvio, der hatte es früh durchschaut und sich mit fünfundzwanzig eines Nachts, krank vor Einsicht und unbelastet vom Tod anderer, eine Kugel in den Kopf geschossen.

Zur Hölle mit den geliebten Toten, sie lassen einen nicht leben! Ohne Unterlaß rufen sie aus dem Grab nach mir.

»Komm, komm«, sagen sie und locken mich mit dem Finger, ziehen mich mit einer unsichtbaren Schnur aus Ewigkeiten in ihre schwarze Nacht.

»Hört endlich auf, laßt mich! Seht ihr nicht, daß ich beim Analytiker bin und mich ausspreche?«

Heute begrabe ich sie alle, Herr Doktor, mit Schaufeln voll Vergessen. Geier müßte man sein, die Toten ausweiden und weiterziehen, wegfliegen, mit einem Flügelschlag den Himmel auslöschen, den man hinter sich läßt! Ich steige erst von der Couch, wenn ich bei allen die Kassettenlöschtaste betätigt habe. Ich lasse nicht einen dieser verfluchten Toten am Leben.

Das Schweigen legte sich schließlich über unser Haus und lastete auf uns wie ein Sargdeckel. An einem seiner letzten Abende leisteten die Wahnsinnige, Darío und ich, und ich weiß nicht mehr, wer sonst noch, Papi in seinem Zimmer Gesellschaft oder sahen ihm, besser gesagt, beim Sterben zu. Die Stille brachte den Abend ins Stocken, er floß nicht, und keiner sagte ein Wort. Selbst die Wahnsinnige hielt den Mund und schickte niemanden herum. Ich wandte mich wieder meiner inneren Rede zu, dieser endlosen Litanei, die ich seit jeher herunterbete und die keinen Schluß kennt: Es sei doch so, sei so, sei eben doch, eben doch nicht, wer ich sei. Nichts. Niemand. Ein dümpelnder Kahn auf einem Meer ohne Grund. Und in diesem Brunnen unbewegten Schweigens, in dem die Zeit brackig wird, höre ich mit einem Mal über das Schnurren meiner eigenen Gedanken hinweg die der anderen: »Was für ein Mist, daß ich niemanden herumschicken kann, verflucht!« sagte sich die Wahnsinnige. Und ich hörte, wie Darío sich sagte, daß auch er bald sterben werde.

»Hört auf zu denken, verdammt, ich kann mich nicht konzentrieren!« rief ich. »Jetzt habe ich den Faden verloren.«

Sie sahen mich verdattert an und hörten auf zu denken. Da kam die Zeit wieder in Schwung, und ich hörte draußen, was die Träumer »Wirklichkeit« nennen: Autos auf der Straße, Vögel im Garten... Nur einen Augenblick länger »Wirklichkeit«, und Gevatterin Tod wäre hier. So empfand ich es. Sie ritt auf dem Abend, der wieder dahinfloß, auf dem Rücken der infamen Zeit.

»Was für ein Tag ist heute?« fragte ich, um sie zu bannen.

»Dienstag«, antwortete die Wahnsinnige.

»Du bist nicht gefragt, halt den Mund.«

»Warum soll sie den Mund halten?« verteidigte sie Papi in seinem Marasmus mit letzter Kraft.

»Weil sie tot ist. Darum. Weil sie für mich schon gestorben ist. Und heute sind die schmerzhaften Geheimnisse an der Reihe. Im ersten stürzt Christus zum ersten Mal.«

»Nein«, verbesserte mich Darío. »Das erste ist Jesus, der im Garten Gethsemane mit dem Tod ringt.«

»Was du noch alles weißt, Bruderherz. Dabei bist du doch ein Ungläubiger.«

»Nicht mehr.«

»Ich nach wie vor. Ich glaube nicht mal an den Staub, den ich hier einatme. Schau nur, die Bücherregale, blitzblank.«

Und wir verzogen uns wieder in den Brunnen des Schweigens, um darin zu ersaufen. »Montag freudenreiche, Dienstag schmerzhafte, Mittwoch glorreiche...« Erinnerungen sind eine dämliche Last, Herr Doktor, ein blöder Packen. Und die Vergangenheit ein Kadaver, der schleunigst unter die Erde muß, oder man verfault bei lebendigem Leib an ihm. Sie können mir glauben, immerhin bin ich der Erfinder der Löschtaste für Erinnerungen, die mir bereits gute Dienste geleistet hat und die ich Ihnen gerade vorführe. Achtung, aufgepaßt, hingesehen: Sie löscht den ganzen Müll aus dem Oberstübchen.

Durch den Versuch, nicht zu denken, nicht zu hören, nicht zu sehen, war ich um ein Haar von mir losgekommen, als das Beben begann, und die Erde sich schüttelte, als wollte sie uns abwerfen und in alle Winde der Ewigkeit streuen.

Bei einem Erdbeben hat das Schwein auf zwei Beinen, das sich selbst »Mensch« nennt, die natürliche Tendenz, auf seinen beiden Haxen ins Freie zu laufen, daß ihm bloß das Dach nicht auf den Kopf fällt und ihm auf einen Schlag seine lausigen Erinnerungen löscht. Also von uns rührte sich keiner. In seinem Zustand hätten wir Papi unmöglich in den Garten bringen können, deshalb blieben wir, wo wir waren, und warteten, daß das Haus einstürzte und uns mit ihm in einem staubigen Gemeinschaftsgrab begrub.

»Das hat uns grade noch gefehlt!« rief ich mitten im Gewackel. »Daß uns diese alte Schwuchtel da oben das Haus durchschüttelt. Reiß es halt ein, laß sehen, was du drauf hast! Kriegst du jetzt den Koller wie Christusgaga, als er mit der Peitsche die Händler aus dem Tempel gejagt hat? Klar, wer so eine Furie zum Sohn hat!«

Von wegen, das Haus einreißen, keine Spur! Tobsucht vom Schlag Argemiro. Gottvater ist ein tobsüchtiger Argemiro Rendón, und so einen behandelt man entsprechend: Man wird laut, und wenn er nicht hören will, kriegt er einen Tritt in den Hintern. Besagter Tritt erübrigte sich diesmal. Kaum hatte ich den Wichtigtuer, den Himmlischen Lehmkneter, den Allmächtigen angeschnauzt, da beruhigte sich das Monster, und Don Sackblöd Rendóns Jähzorn verebbte. Und es klarte sozusagen auf, im irdischen Sinne. Einige Bücher waren aus den Regalen gefallen, nichts weiter.

»Wetten, ihr wißt nicht, was Großmutter bei einem Erdbeben gemacht hat«, sagte ich, um etwas zu sagen, damit das Schweigen nicht wieder einsetzte.

»Das Magnifikat beten«, antwortete Darío.

Wie recht du hattest, Bruder! Zusammen mit ihr rufe ich dich in mir wach, wir beide noch Kinder auf der vorderen Veranda von Santa Anita, zwischen blühenden Azaleen und Geranien und unter hängenden Heugarben, den heiteren Strähnen, die sich zum Auf und Ab des irdischen Zornes wiegten, der nichts weiter war als die himmlische Unvernunft.

»Ach, Kinder, laßt doch den Schaukelstuhl, mir wird ganz taumelig«, sagte Großmutter.

»Aber das sind wir nicht, Großmama! Das ist ein Erdbeben.«

»Ein Beben? Au!« kreischte sie, als hätte ein Skorpion sie gestochen.

Und schnellte wie von einer Sprungfeder beschleunigt aus dem Stuhl, um über das Gerüttel hinweg das Magnifikat anzustimmen: »Meine Seele preist die Größe des Herrn, und mein Geist jubelt über Gott, meinen Retter, denn auf die Niedrigkeit seiner Magd hat er geschaut ...« Wir konnten uns vor Lachen nicht halten und schwangen glücklich auf der kosmischen Schaukel. Ein Schwarm Papageien flog über die Palmen, und später trottete eine Koppel Maulesel auf der Straße vorbei.

»Los, los!« trieb sie der Treiber. »Esel, bewegt euch!«

Genau. Esel, bewegt euch! Schafft in tausendfünfhundert Ballen den ganzen Müll meiner Erinnerung fort!

Das Tierheim des Tierschutzvereins von Medellín, Hauptstadt des Schlachthofs, gleicht einem Schwarzen Loch im Universum, denn der geballte Schmerz ist dort so groß, daß alles Licht, das hineinscheint, dort stirbt, weil es nie wieder herausfindet. Fünfhundert herrenlose Hunde, wie sie täglich von Autos angefahren werden, hat mein Bruder Aníbal von der Straße geholt, hat sie der Grausamkeit der Menschen und der Vernachlässigung Gottes entrissen und füttert und hegt und liebt sie zusammen mit seiner Frau Nora.

»Aníbal und Nora«, sage ich zu den beiden. »Teilt man die Liebe zweier Menschen unter so vielen auf, bleibt kaum etwas übrig. Jeder Hund im Heim bekommt nur ein Fitzelchen, und das Fitzelchen ist nicht genug. Das Leben eines Hundes ohne Herrchen hat keinen Sinn.«

»Und das der Menschen?« hält Aníbal dagegen.

»Aber, Bruderherz«, sage ich, »das ist doch was anderes. Wir sollen auf Erden Gottes Plan der Schöpfung erfüllen oder, falls nicht existent, den Fünfjahresplan der Kommunistischen Partei.«

Meines Erachtens muß man die fünfhundert Hunde des Tierheims nebst der zweihundert Katzen (denn Sie müssen wissen, daß Aníbal und Nora zu allem Unglück und Schrecken auch Katzen aufnehmen) aus Barmherzigkeit und um sie von ihrer Einsamkeit und ihrem Schmerz zu befreien, töten. Nun, da ich wie immer recht habe, stellt sich die Frage, wer sie tötet. Aníbal? Nora? Ich? Wo denken Sie hin! Ich würde mit Vergnügen den Papst pfählen, aber einem von Gottes Geschöpfen ein Haar krümmen? Selbst einem bösen Hund nicht, und so etwas gibt es, klar, es gibt ja auch gute Menschen, Ausnahmen eben. Hunde sind mein Licht des Lebens, und wer meinem Bruder und Norita mit der Frage ein Bein stellen will, wieso sie denn nicht besser verlassene Kinder aufnehmen, der bekommt von mir wortwörtlich diese wohlgesetzte Antwort:

»Wie viele haben Sie aufgenommen, gütiger Christenmensch, Sie mit Ihrer karitativen Seele, Sie Bastard der großen Hure? Sie zeugen sie doch und setzen sie in die Welt und werfen sie danach auf die Straße!«

Und mir selbst und meiner dialektischen Strenge treu, verteile ich an die nämlichen vergiftete Kondome und an ihre verlassenen Kinderlein ebensolche Süßigkeiten, nicht daß die kleinen Hurenbälger heranwachsen und uns nachher umbringen. Potentiell wird aus jedem Kind ein Erwachsener, ein verderbtes Wesen. Der Mensch wird schlecht geboren, und die Gesellschaft macht ihn schlechter. Aus Liebe zur Natur, zum Wohle des ökologischen Gleichgewichts, zur Rettung der Weltmeere, muß man dieser Plage ein Ende machen.

Ah, und ich vergaß, daß, während Aníbal und Nora Tag und Nacht die Scheiße von fünfhundert Hunden und zweihundert Katzen wegmachen und ganz allein eine riesige Last an Schmerz tragen, die ihnen niemand abnimmt, daß währenddessen Johanna Paula die Zweite, die Transe, gut schläft, gut ißt, gut bumst, und uns dieses Vieh so, mit ruhigem Gewissen, gut ausgeschlafen, gut abgefüttert, gut gebumst in einer Wolke zweiflügliger Engelchen in den Himmel des Allmächtigen entschweben wird. Alí Agca, blödes Hurenbalg, warum hast du nicht anständig gezielt?

Schön und gut, zum Punkt, zum Punkt, keine Abschweifungen mehr und hin zu dem, was uns hergeführt hat: Das Eutanal hatte mich ins Tierheim geführt, das Elixier des guten Todes, mit dem ich Papi aus seinem Leiden herausholen wollte. Ich wußte nur zu gut, wo es stand, in der Vitrine mit den Medikamenten im Behandlungszimmer gleich beim Eingang, denn Jahre zuvor hatte ich einem verwundeten Hund hier beim Sterben geholfen. Damals hatte ich mir geschworen, niemals an diese Stätte der Qualen zurückzukehren, aber wer wie wir in einem Sumpf lebt, sollte nie behaupten, von irgendeinem Wasser trinke er nicht, und hier war ich also und ertrug das Unerträgliche. Den Hund hatten wir aus einem Kanalgraben geborgen, in den er, von einem Auto angefahren, mit gebrochener Wirbelsäule gestürzt war und in dem er schon seit Tagen starb, wie uns ein paar Kerle aus dem Viertel sagten, während sich der Himmel von Antioquia über ihm in den Wolkenbrüchen der Regenzeit ergoß.

»Und warum habt ihr ihn nicht rausgeholt?« fragte ich sie.

Auf die Idee seien sie nicht gekommen.

Nach dem Unfall hatte der Hund wohl den steilwandigen Graben durchqueren wollen, um nach Haus zu gelangen (hatte er denn ein Zuhause?), und war nicht wieder herausgekommen. Tage und Nächte lag er sterbend in der Scheiße, der menschlichen Scheiße, was die Scheiße aller Scheiße ist. Wir holten ihn heraus, so gut wir konnten, trugen ihn, so gut wir konnten, mühten uns, seine fürchterlichen Schmerzen nicht zu verschlimmern, und fuhren ihn in Aníbals Schrottlaube zum Tierheim. Wir spritzten ihm Eutanal in die Vene, und keine Sekunde später war der Hund tot. Und ich hob an, Christus den Wahnsinnigen zu verfluchen, seine heilige Mutter und seine scheiß Kirche und Gottes verhurenbalgte Gemeinheit.

Ach, Großmutter, könntest du mich hören, wärst du am Leben, wüßtest du, was aus mir und aus diesem Land und aus unserem Haus geworden ist, nichts würdest du wiedererkennen. In meinem kargen Zimmer, wo die Nacht im Morast feststeckt, ich ins Düster schaue, ohne zu sehen, schaue ich auf Großmutters leeren Sessel, den Sessel, in den Großmutter sich setzte, um auf die vorbeieilenden Stunden zu lauschen, als Großvater starb, und dann nur noch dasaß und die Decke anstarrte, weil das Leben ihr keine Wonnen mehr bot. Wonnen! Das sagte sie, es war ihr Wort, und auch das ist schon tot. Gestorben, und wir haben es nicht gemerkt.

»Mir bieten sich auch keine Wonnen, Großmutter. Ich weiß nicht, was ich hier soll.«

»Hast du denn nie heiraten wollen, mein Junge?«

»Was man so heiraten nennt, nein, außerdem habe ich doch schon vier bis fünf Frauen mit vier bis fünf Kindern pro Nase, die mich auf Trab halten.«

»Du Schlingel, ich glaube dir kein Wort.«

»Auch nicht, daß ich dich mehr liebe als irgendwen sonst, Großmutter, mehr als Gott?«

»Nicht lästern, mein Sohn.«

»Dann gehe ich.«

Und das Lästermaul küßte die Großmutter zum Abschied auf die Stirn und machte sich auf zur Junín, ins Stadtzentrum, um dem Schlachthof den Puls zu fühlen.

»Was gibt's Neues, mein Junge?« bedrängte sie mich, wenn ich nach meiner Rückkehr bei ihr oben vorbeischaute.

»Nichts, Großmutter, tagein, tagaus dasselbe: Tote, Tote, Tote. Eben haben sie bei mir im Bus, in dem nach Laureles, viermal auf einen Herrn eingestochen.«

»Nein!«

»Doch. Warum nicht? Und er ist entschlafen. Wer hier lebt, muß auf alles gefaßt sein, um so mehr, wenn's ihm gutgeht und er lacht. In diesem Land ist jedes Lebenszeichen eins zu viel.«

»Aber warum ist er denn umgebracht worden?«

»Weil er gelebt hat und wir viele sind und keinen Platz mehr haben. Man muß töten, damit man die Neugeborenen unterkriegt, der Raum ist endlich. Und weiß der Himmel, welche Rechnungen der Alte offen hatte, welche Schulden! Außer dir gibt es auf der Welt keine Unschuldigen mehr, Großmutter. Du bist die letzte Überlebende und stirbst uns auch bald.«

»Ich glaube dir kein Wort, du flunkerst doch, die Geschichte mit dem Herrn hast du dir für mich ausgedacht.«

»Schön wär's, Großmutter. Ich hätte auch lieber überall Milch und Honig! Aber das hier ist ein Tal der Tränen voller Leid.«

Für Großmutter, die sich für mich, als ich klein war, Geschichten von Hexen hatte ausdenken müssen, mußte ich mir, als ich größer wurde, Neuigkeiten ausdenken. Viel Mühe machte das nicht, da ich draußen als Vorlage die Wirklichkeit hatte. Ich untertrieb regelmäßig. Damit sie zwischen den Tragödien Atem schöpfen konnte und ihre Hoffung einen Anhaltspunkt fand, dachte ich mir manchmal den bettelarmen Vater eines Freundes aus, der in der Lotterie gewonnen hatte:

»Hundertfünfzigtausendachthundertmillionen Milliarden! Wahnsinn, was?«

»Wie schön für ihn. Daß er viele barmherzige Taten tue.«

»Woher, er ist doch nicht bescheuert! Barmherzig können die Armen in ihren dreckigen Gedanken sein und mit vollen Händen austeilen, weil sie nichts haben. Aber reichgeworden? Was kümmert einen da das Geschwätz von gestern. Und ich gehe jetzt Heidegger lesen. Ich erzähle dir später, was heute morgen auf der Junín los war.«

Was sollte schon los gewesen sein auf der Junín, abgesehen von den allseits bekannten Morden! Schönheiten über Schönheiten waren los auf dieser gesegneten Straße in den gesegneten Zeiten meiner begierigen Jugend. Mittlerweile nicht mehr. Die Schönheiten haben sich in Luft aufgelöst, und die ist geradenwegs in den Himmel der Erinnerungen aufgefahren. Mußte ja so kommen, da unser Leben Murphys Gesetzen und denen der Thermodynamik unterliegt und somit alles, was gut ist, verkommt, und alles, was schlecht ist, schlimmer wird. Kleine und große Knaben der Junín, vergangen seid ihr immerdar.

Mit einem Streich hat Kronos, der Schönheiten köpft, euch ausgelöscht. Und heute wandeln nur noch Zombies und Halbwilde durch meine arme Straße, denn dazu ist dieser mordende Menschenschlag geworden, der von Tag zu Tag schlechter und schlechter wird, häßlicher und häßlicher, roher und roher und verhurenbalgter, seine zwei Füße zum Gehen in den Gemeinplatz stinkender Turnschuhe steckt. Warum verschwendet China bloß einen Haufen teurer Bomben für unterirdische Tests? Die könnten sie hier prima abwerfen und der Sonne am hellichten Tag einheizen. Ach, Großmutter, wenn du wüßtest, wenn du lebtest, aber nein! Zum Glück nicht.

Aber wir sollten das lassen, und die Lebenden weiter die Lebenden morden und die Toten weiter ihre Toten begraben, denn nun ist die Dunkelheit die Königin der Nacht. Außer meinem Bett und einem Stuhl aus dem Eßzimmer für meine Kleider steht in meinem Zimmer einzig Großmutters leerer Sessel, und an sie will ich nicht mehr denken. Ich will nur schlafen, mich nicht hören, mir nicht durch den Kopf gehen, nicht mit mir reden, mir nicht wieder dieselben Dinge sagen, will Schäfchen zählen oder sonstwas, Knaben im Schwimmbad oder Soldaten in einer Kaserne. Wie schön kühl das Medellín meiner Kindheit war! Eine verspielte Brise strich über die Flamboyants in meinem Viertel, wiegte ihre Äste, zupfte ihre Blätter und improvisierte auf dem Straßenpflaster mit vielen Dominantnon- und kleinen Septakkorden eine Schattenrhapsodie in lichtem Dur. Vorbei! Mein Viertel ist gestorben, die Flamboyants sind gefällt, der Schatten ist vergangen, die Brise des Wehens müde, die Rhapsodie verstummt, und diese Stadt am Arsch und heißer heißer heißer wegen diesem und jenem und jenem noch dazu: wegen der vielen Straßen, der Autos, der Menschen, der

Wut. Jedes Grad, das wir wegen des einen oder anderen hinaufgeklettert sind, hat uns eine Stufe weiter hinab in die Hölle geführt. Ach, Jorge Manrique, alter Freund, jede verflossene Zeit war erfrischender!

Als ich das Eutanal hatte, ging ich mit meinem Bruder Carlos zum einzigen Freund, der Papi geblieben war, zu Victor Carvajal, um ihm zu sagen, daß Papi im Sterben lag. In ihrer Raffgier wollte die Wahnsinnige es für sich behalten, damit sie Papis Tod ganz allein auskosten konnte. Aber was sie wollte, war das eine, und was ich wollte, etwas ganz anderes. Zwei Monate zuvor hatte Papis zweiter enger Freund, Leonel Escobar, nicht einmal mehr einen Abschiedsschnaps trinken können, ehe er sich auf dem Trampelpfad des Todes davonmachte. Wir sind also unterwegs zu Victor noch ganz in trübe Gedanken versunken, da wird uns plötzlich warm ums Herz, weil wir uns der prächtigen Beerdigung entsinnen, die Leonels Kinder ihm bereitet hatten und bei der sie und die anderen Trauergäste zwischen Gebet und Gebet des Priesters und Gesang und Gesang des Trauerchors sage und schreibe hundertvierzig Flaschen Schnaps leerten, ein Gros. Ein Gros Schnaps leerten diese Wüstlinge auf die Gesundheit des Entschlafenen oder, besser gesagt, auf sein Andenken. Und das, wo Leonel am Ende nicht einen Schluck vom unsäglichen Fusel mehr hat nehmen können!

»Dran riechen darf ich«, hatte er mir erklärt, als wir zum letzten Mal miteinander sprachen und sein letzter Abend auf seinem Balkon verrann.

Drei Infarkte hatte er bereits hinter sich, war Diabetiker, und mit der Diabetes war sein Kreislauf eine einzige Katastrophe, »alle Abflüsse verstopft«.

»Und wieso löst du die Verstopfung nicht einfach mit Schnaps? Der wirkt Wunder bei der Blutverdünnung.«

Nichts anderes wolle er ja, aber der Arzt habe es verboten.

Leonels Gemüt hatte jedenfalls keinen Schaden genommen, immer heiter und zuversichtlich gestimmt, in C-Dur.

»Schau, Leonel«, erklärte ich ihm, »vergiß die Ärzte, dir ist sowieso nicht mehr zu helfen. Dein Fall ist hoffnungslos wie der von Lindberghs Sohn. Morgen komme ich mit einem Teststreifen für den Zucker, einer Flasche Schnaps und einer Ampulle Insulin, wär doch gelacht, wenn du nicht trinken könntest. Vom Schnaps geht dein Zucker hoch? Ich spritze dir Insulin, und er geht wieder runter. Das Insulin treibt ihn zu weit runter? Du trinkst noch einen Schnaps, und er geht wieder hoch. Du machst es wie Christus, stürzt und stehst auf und erreichst so den Kalvarienberg, du wirst sehen.«

Nichts sah er mehr, zu spät. In jener Nacht hatte er seinen vierten Infarkt, Madame Tod nahm ihn mit, und mir bleibt er tief ins Gedächtnis eingraviert, so lange mein Herz Blut pumpt. Einmal im Dezember in Santa Anita, wir waren noch Kinder, stand Leonel plötzlich mit einem Ballon aus hundertzwanzig Seidenpapierbögen vor uns, ein riesiger Ballon. Riesig riesig riesig, der riesigste, den meine Augen und der Himmel von Antioquia je gesehen haben, ein kolossales Geschenk. Auf der vorderen Veranda des Landguts ließen wir ihn fliegen. Sechzig Menschenhände brauchte es, ihn festzuhalten, und zwanzig petroleumgetränkte Dochtknäuel, ihn mit Rauch zu füllen. Als das letzte Knäuel den unersättlichen Bauch gemästet hatte und er anfing, an den Seilen zu zerren, zündeten wir den Docht im Korb an und gaben ihn frei. Und der Ballon ließ die menschliche Spezies unter sich, die hohe Palme und die Geier und zog davon davon davon und höher höher höher, bis in den Himmel von Väterchen Gott, aus dem Leonel jetzt auf mich herabschaut.

»Leonel, hier unten ist es affenheiß!«

Da schickt mir Leonel seinen Segen und dazu den Regen: einen kecken, übermütigen Niesel mit einem Hauch von Anis, schwer zu sagen, ob Schnaps aus Antioquia oder Schnaps aus Caldas.

»Besten Dank, Leonel, merci beaucoup.«

Wir kamen bei Victor an, klopften, er öffnete uns die Tür und hatte sich noch nicht von seiner Verblüffung erholt, mich in Medellín zu sehen, wo er mich doch in Mexiko glaubte, da setzte ich ihn ins Bild:

»Papi ist so gut wie tot. Die Ärzte haben ihm Leberkrebs verschrieben, und da sei nichts zu machen. Angeblich habe er nur noch ein paar Stunden oder allenfalls Tage. Nur daß du Bescheid weißt.«

So fällt man mit der Tür ins Haus wie ein Blitz, der ohne Vorwarnung einschlägt, wenn man in einem Irrenhaus unter der Fuchtel einer Wahnsinnigen aufgewachsen ist. Da kann man nichts machen, so waren wir und sind wir und bleiben wir; einmal verkorkst, hält fürs Leben. Natürlich bringt man schon mal jemanden damit um, wenn man ihn auf die Art ins Bild setzt, aber das macht nichts, irgendwie muß ja Platz werden auf diesem überquellenden Planeten.

Victor suchte am Türrahmen Halt (das erstbeste, was sich bot), und ich sah den Schmerz und den Schock in seinem Gesicht. Er war schon mit Papi befreundet gewesen, da war ich noch nicht auf der Welt, und bei allen Höhen und Tiefen ihres Lebens, ihres langen Lebens, gab es nie einen Zwist, der ihre innige Freundschaft überschattet hätte. Gemeinsam besaßen sie ein Landgut, La Solita, und eine Zeitung, El Poder. Beides Fehlschläge, erklärlicherweise, da sie Ehrenmänner waren und der Erfolg den Gaunern vorbehalten ist. Keine Ahnung, warum sie ihre Zeitung Die Macht nannten, nach dem größten Schwindel, den sich der Mensch je in seinen skrupellosen und unbehauenen Kopf gesetzt hat, denn diese infame Lockung lag den Träumen der beiden Rechtschaffenen fern, die mit der Sonne über dem Kopf und dem Wind im Gesicht und einer kleinen Flasche Schnaps in der Satteltasche zwischen Kälbern und Kühen über die Weiden von La Solita ritten. Glauben Sie bloß nicht, in Kolumbien könnten Sie die Macht auf einer Viehweide finden: Die finden Sie auf Bolívars Thron oder dem Stuhl der Schande, auf dem die Präsidenten unseres unrettbaren Landes ihre liberalen oder konservativen Ärsche niederlassen, der letzte Dreck. Die Zeitung hielt sich zwei Jahre und schloß dann ganz für sich und leise ihre Pforten, ohne einen Laut der Klage oder eine lausige Todesanzeige in einer der beiden anderen Zeitungen Medellíns, El Correo und El Colombiano, der Konkurrenz, blasierten Käseblättern fürs Volk. In einem Abstellraum über einem unserer Bäder, den wir die »Bodenkammer« nannten, verwahrte Papi von jeder Ausgabe der Zeitung ein Exemplar, gebunden zu mehreren dicken Bänden, damit er etwas zu seiner Verteidigung vorlegen konnte, falls ihn irgendwer irgendwann wegen des Geschriebenen anzeigte.

»Warum sollte dich jemand anzeigen, Papi?«

»Weil wir so sind hier im Rechtsverdreherland.«

Eines besonders langweiligen Tages, eines absolut langweiligen, holten meine Brüder und ich, die wir es leid waren, tagein, tagaus den Rosenkranz zu beten, und nichts mit uns anzufangen wußten, die dicken Bände von der Bodenkammer und entfachten im Hof ein prächtiges Feuer. Fast hätten die Flammen mit dem Haus weitergemacht. Mit Kübeln voll Wasser schafften wir es, den Brand zu löschen, aber es fehlte nicht viel, und wir hätten wegen Der Macht unter freiem Himmel nächtigen können. Das war ein altes Lehmhaus, brennt wie Zunder.

Landgüter hatte Papi etliche, ein Geschäft mieser als das nächste. Solange ich denken kann, träumte er von einem Gut – ein Traumschloß, Luftschloß, Wolkenkuckucksheim. Eins hieß La Esperanza, ein anderes La Cascada, wieder ein anderes, wie gesagt, La Solita, und noch andere und andere, die ich vergessen habe. Er installierte Wasser und Strom, baute Futterkrippen, Mühlen, falls es Zuckerrohr gab, und Waschschuppen, falls es Kaffee gab. Von einer manischen Schaffenswut gepackt, legte er einen Bananenhain an, einen Orangenhain, einen Zitronenhain, jätete Unkraut, sprühte Insektenvernichtungsmittel, düngte den Boden. Und wenn alles angelegt, gejätet, besprüht, gedüngt und installiert war und sich die ersten Erträge abzeichneten, verkaufte er zu dem Preis, den er bezahlt hatte, oder für weniger. Mieses Geschäft? Wieso mieses Geschäft! Es war das Geschäft seines Lebens, da ihm die Güter Tag und Nacht und unermüdlich wie das Ewige Licht vor dem Antlitz Gottes Die Hoffnung nährten. Ich schreibe das groß wegen seines Landguts La Esperanza, bei dem sich die zweite theologische Tugend im Namen niedergeschlagen hatte.

»Papi, hast du nie sterben wollen?«

Darauf antwortete er nicht einmal. Für idiotische Fragen hatte er keine Sekunde übrig. Und er ging eine Weide abzäunen, einen Bewässerungsgraben ausbessern, ein paar Kühe entwurmen. Ich ging hinter ihm her.

»Papi, was ist das denn da auf der Gänsefeder, Papi, womit du die Kühe da einschmierst?«

»Veterina.«

»Ach so ...«

Das war eine Wurmkur für Kühe. Und eine segensreiche Kur gegen die Existenzängste der Menschenkinder. Woher die Zeit zum Sterben nehmen, es gibt doch so viel zu tun!

Papi, das Gut, das du mit Doktor Espinosa an der Straße nach Caldas hattest, wo du Hortensien gezogen hast, diese Büsche mit den bläulichen Blütenbällen, diese tristen, die nicht mal als Friedhofsblumen zu gebrauchen waren und die niemand kaufen wollte, wie hieß das noch? Du weißt doch, oder? Natürlich wußte er! Nur ich weiß es gerade nicht, und er kann mir nie mehr antworten.

Auch La Esperanza gehörte ihm ursprünglich zusammen mit Doktor Espinosa, aber später kaufte er ihm seinen Anteil ab, um das ganze Gut schließlich blindlings für ein Haus einzutauschen, das in dem Moment, als wir es uns halbtot vor Neugier anschauen wollten und schon anderthalb Stunden mit der Tür gerungen hatten (die harte Tür, die alte Tür, die scheiß Tür), in sich zusammenfiel. Das Haus machte »Pum!« und sich in einer traumhaften Wolke aus dem Staub. Vor unseren erstaunten Blicken blieb einzig, den Staub umrahmend, der Türrahmen stehen.

Durch La Esperanza floß der wildeste und tobsüchtigste Fluß, den ich je gesehen habe, der San Carlo, ein Mayiya-Fluß, der, wenn er anschwoll, in seiner zornigen Gischt alles mitriß, was ihm in die Quere kam: Kühe, Bananenpflanzungen, Häuser... Eines Tages riß er Marta mit, eine Anakonda lang wie ein halber Straßenzug, die so hieß wie meine Schwester und manchmal in unseren Uferpflanzungen sehr behäbig einen Landgang unternahm. Wie die Zeit und der Fluß so dahinliefen, war es irgendwann zu viel der überbordenden Lebendigkeit, und man nahm den San Carlo an die Kandare, um ihn durch die Turbinen eines Wasserkraftwerks zu schicken, das mehr Megawatts aus ihm herausholte, als Kolumbien für seine komplette Stromversorgung brauchte, und das ist doppelt so groß wie Spanien oder Frankreich. Ach, der San Carlo, wie ich den geliebt habe! Er war ein wundervoller, strahlender Fluß, und gotisch wie wir, für die konservative Partei also.

An einem schwefligen Morgen, die Sonne heizte uns ein, kam es Doktor Espinosa in den Sinn, mitten im Fluß zu baden, und ein Strudel packte ihn. Er packte ihn um die Hüfte und drehte ihn wie einen Kreisel. Und während der Fluß Doktor Espinosa dreht und dreht und dreht, ein wirbelnder Espinosa, zieht er ihn zugleich hinab in die Tiefe, bis er für seine Unverschämtheit mit den Füßen auf Grund läuft. Was fiel dem ein, mitten im San Carlo zu baden! Einige Sekunden später, sagen wir fünf oder sechs, tauchte Doktor Espinosa wieder auf und schrie:

»Socorro! Hilfe!«

Und wieder runter, um erneut mit den Füßen das steinige Flußbett zu spüren.

»Papi, Papi, schnell, Doktor Espinosa! Der alte Geizhals ertrinkt!« riefen wir, die wir mit größtem Respekt am Ufer badeten.

Vom Fluß am Kragen gepackt, kam Doktor Espinosa in einem Pas de deux mit Gevatterin Tod wieder hoch, um diesmal mit ersterbender Stimme zu rufen:

»Socorro!«

Ach, socorro! Ich finde es so albern, auf diese Art um Hilfe zu rufen... Wohl weil wir einmal ein Dienstmädchen hatten, das Socorro hieß, schmutzig und zahnlos vom vielen Rauchen und unablässig durch den rußgeschwärzten Schlot ihres Mundes qualmend.

Papi, der in der Bananenpflanzung arbeitete, während sein knauseriger und fauler Geschäftspartner sich einen Lenz machte und epikureisch in Heraklits Fluß badete, hörte uns rufen und kam mit einem kräftigen Schilfrohr angelaufen, mit dem er gerade eine Bananenstaude hatte abstützen wollen. Und dann? Was geschehen ist, ist geschehen, und das habe ich bereits in »Los Días Azules« erzählt.

Die Böe der Zeit fegt vorüber, entwurzelt Büsche, reißt Häuser ein, nimmt Wolkenkuckucksheime mit, den Schwindel der Träume. Am Arsch am Arsch am Arsch!

Aber ich habe in La Solita begonnen und in La Esperanza geendet, und Victor lehnt noch immer im Türrahmen. Setz dich doch, Victor, ruh dich aus, es ist vorbei: Papi ist schon tot, und auch wenn du mich liest und daher meinst, ich sei am Leben – wie lang bin auch ich schon tot! Heute bin ich ein paar elende Wörter auf dem Papier. Die allmächtige Zeit wird das Papier schon zersetzen und die Wörter verwirren, bis sie nichts mehr bedeuten. Alles ist vergänglich. Auch diese Sprache. Etwa nicht? Hält sich diese närrische Sprache für unsterblich? Blöde Sprache eines vernagelten Volkes aus Pfaffen und Tintenklecksern, hiermit verkünde ich dein baldiges Ableben. Requiescat in pace Hispanica lingua.

Derweil stirbt, wer sterben muß, wische ich mir mit der neuen Verfassung Kolumbiens den Arsch und mit den einhundertachtzig Schreibfehlern, die unsere Herren Verfassungsgeber – durch die Bank ehrenwerte Söhne ihrer verhurten Mütter – darin verabschiedet haben. Nox tenebrarum, ite missa est. Auf Knien vor dem Herrn, meinem Gott, dem Allmächtigen, der bebt und donnert, bitte ich den Vater im Himmel darum:

Daß ich in der Lotterie gewinne.

Daß mir die menschenscheue Liebe nicht durch die Finger gleite wie ein Fisch.

Und daß ich in finaler Verstocktheit sterbe und Dich dabei verfluche und den Teufel lobpreise, meinen Herrn Satan, der über die Nacht regiert.

Es wurde Tag, und ein Bankangestellter kam, um zu beglaubigen, daß Papi uns das Geld auf seinem Konto überschrieb und Carlos, da Papi nicht unterschreiben konnte, es für ihn tat. Als die Formalitäten erledigt waren und der Bankangestellte sich verabschiedet hatte, kam Victor. Ich bat ihn herein, und wir standen einen Augenblick schweigend in der Diele am Fuß der Treppe und wußten nicht, was tun. In diesem kurzen, trostlosen Augenblick konnte ich seine Gedanken lesen: Er dachte an Papi und an alles, was sie zusammen erlebt hatten.

»Geh doch hoch zu ihm«, sagte ich.

Aber er antwortete nicht. Er sah verloren aus. Um nicht hinaufgehen zu müssen, trat er schüchtern in die Stube. In die Stube dieses fremden Hauses, in dem doch sein bester Freund wohnte. Warum also fremd? In all den Jahren seiner Freundschaft mit Papi, die mein Leben einschloß, habe ich ihn kaum je bei uns zu Hause gesehen, und immer nur in der Stube. Daß die Wahnsinnige dort war, schloß ihn aus. Für alle außer ihren Mann und ihre Kinder hatte sie um mein Zuhause eine unüberwindliche Mauer aus verstaubter Vertraulichkeit errichtet. Habe ich mein Zuhause gesagt? Ihr Tollhaus, Idiot! Das Tollhaus, in dem diese Verrückte zusammen mit ihrem Christusgaga herrschte, den sie nach uns in die Welt gesetzt hatte. Und der pfiff, wo er ging und stand, wie ein Vogel. Seine Art zu atmen. Oder wollte er eine anmachen? Eine Henne?

Victor trat in die Stube und setzte sich in einen Sessel. Da sah ich Gevatterin Tod, ihren Blick. Die Heimtückische betrachtete uns aus ihren tausend spöttischen Augen wütender Allgegenwart, denen nichts entging, eingehüllt in dreckige, zerfetzte Schleier, in ihren Umhang aus Asche. Als ich an ihr vorbeiging, um Victor in der Küche einen Kaffee zu kochen, lösten sich die Schleier in Luft auf: Gevatterin Tod wich zurück und entwich.

In der Küche traf ich auf Marta und mußte lachen. Mir war die Diagnose eingefallen, die mein Bruder Manuel ihr kürzlich gestellt hatte: die Ärmste sei so dürr, von der könne man mit einer Kerze ein Röntgenbild machen. Und wirklich, die Beklemmung würde sie umbringen. Falls Papi nicht bald an was auch immer starb, würde sie vor ihm an Beklemmung sterben. Was mich in meinem Entschluß bestärkte.

»Martica«, sagte ich also in der Küche zu ihr, »Papis Fall ist aussichtslos, und daß er weiter leidet, sinnlos. Ich werde ihm sterben helfen.«

Und ich verschob Töpfe, Gläser, Tassen, Teller, übertönte mit dem Geschepper ihr beklommenes Schweigen, suchte Kaffee und verfluchte die Wahnsinnige und ihre Umnachtung: Keiner da. In diesem Haus in einem Land, das sein Schicksal selbigem Strauch überantwortet hatte und Millionen Tonnen von dem Zeug produzierte, gab es nicht ein einziges lausiges Päckchen Kaffee. Klar, die Wahnsinnige trank ja keinen... Warum sollten also wir welchen trinken? Und da die Wahnsinnige nebenbei auch nichts aß, weil sie meinte, sie müsse Diät halten... Sollten wir mit ihr hungern!

»Wer wenig ißt, lebt länger«, verkündete sie, Punktum. Wort Gottes.

Diese Irre, die sich für unfehlbar im Besitz der Wahrheit hielt wie der Papst, überspannte ihre Selbstsucht in so wahnwitziger Weise, es war ein Wunder, daß unser Haus standhielt und nicht in einer wütenden Explosion zerbarst.

»Und was bieten wir Victor jetzt an?« fragte ich Marta zornig.

»Luft, davon ernähren wir uns hier«, antwortete sie, und wir lachten.

»Worüber lacht ihr?« meldete sich Gevatterin Tod neugierig, denn sie war mir zu spät in die Küche gefolgt und hatte nichts mitbekommen.

»Über dich, immerzu aufdringlich und arbeitsscheu«, sagte ich. »Über wen sonst! Wo hast du überhaupt gesteckt, Drückebergerin? Etwa Päuschen gemacht? Hau ab, du störst, geh mir aus den Füßen. Laß mich durch.«

Schmollend trollte sie sich aus der Küche in den Garten und verschwand am Gartenhimmel.

»Wo willst du hin, Schlampe?« schrie ich ihr nach, während sich Fetzen ihrer Ascheschleier im Pflaumenbaum verhedderten. »Gehst du den Papst holen? Dann aber flott, hol die alte Schwuchtel, und trödel nicht rum, hier wirst du dringend gebraucht. In diesem Scheißland gibt's mindestens vierzig Millionen zu viel. Hol sie dir alle, die Schönheiten kannst du auch haben, in ein paar Jahren kriegen die sowieso keinen mehr hoch. Die sind doch jetzt schon rasend impotent und ficken bloß noch zum Kinderkriegen. Gute Frau, du kannst mir glauben, ich habe meine innigen Erfahrungen mit diesen Hurensöhnen.«

»Mit wem redest du?« Marta war entgeistert. »Bist du übergeschnappt?«

Übergeschnappt? Ich? Warum sollte ich überschnappen auf einem verwüsteten Planeten, auf dem es keine Erlösung mehr gibt? Sterben ist doch halb so schlimm, Kindchen! Hier unten weiterleben, das ist schlimm. Wie erbärmlich starrsinnig wir Sterblichen uns am Leben festbeißen wie Zecken, ganz entgegen unserer wahren Natur.

Ich weiß nicht, warum ich Marta und nach ihr Carlos und Gloria erzählte, daß ich Papis Sterben beschleunigen wollte. Vielleicht war die Last für mich allein zu schwer. Ich brauchte Mitwisser in diesem Schrecken. Aníbal verschwieg ich es, denn der hatte mit seinen fünfhundert Hunden und zweihundert Katzen mehr als genug zu leiden. Manuel und Darío, weil verantwortungslos. Sollten die beiden Verantwortungslosen doch weitermachen wie bisher, der eine mit seinen Frauen Nachwuchs produzieren und der andere mit seinen Knaben Orgien feiern – mit seinem Aids, seinem Schnaps und seinem Marihuana, und ich führe das Basuco hier nicht auf, denn davon hörte ich erst später, als mein armer Bruder Darío, dem nie zu helfen war, schon nicht mehr zu retten war.

Aber gehen wir zurück zum Ausgangspunkt und von dort zum festgesetzten Ort, wo Gevatterin Tod auf uns wartet, das unermeßliche Garnichts, der Felssturz in die Ewigkeit.

»Victor, ich kann dir nichts anbieten, du kennst das ja. Für uns ist immer Fastenzeit, wir sind eingefleischte Asketen. Hast du gefrühstückt? Schön für dich, du Glücklicher, wir sind nämlich so originell, daß wir das abgeschmackte Verb ›essen‹ längst aus unserem Wortschatz gestrichen haben. Und können uns ohne falsche Bescheidenheit als wahre Pioniere der menschlichen Spezies betrachten. Wir kennen den Hunger, seit der Schuft Samper seinen niederträchtigen Arsch auf Bolívars Thron gesetzt hat, und der Rest der Welt wird ihn noch kennenlernen. Derweil stirbt in diesem verfluchten Tollhaus jeder, der nicht an Krebs oder Aids stirbt, an Unterernährung.«

Und in die drohende Stille hinein bat ich ihn, mir von seinen Töchtern zu erzählen, von seinen Söhnen, von irgend etwas. Daß er sich an früher erinnerte, als die Mädchen zu dritt waren und wir zu dritt und wir sonntags gemeinsam Ausflüge unternahmen, in zwei Klapperkisten zum Picknick an steinige Bäche fuhren, wo wir Kinder in den Pfützen planschten. Dann wurden bei ihm zu Hause mehr Kinder geboren und bei mir zu Hause auch, und wir waren viele, und die Bäche machten sich zum Cauca auf, zum Fluß, meinem tosenden Fluß, der noch ein »u« in der Mitte trug und bald schon das Meer sah.

Wie immer kam die Nacht pünktlich, Schlag sechs wird es dunkel in Medellín. Sterne und Glühwürmchen flammten am Himmel, an den Berghängen flammten die Lichter der Stadt.

»Wie viele Hurenbälger werden wohl gerade geboren?« fragte ich mich.

»Millionen«, gab ich mir die Antwort. »Gevatterin Tod hat ihre liebe Not mit dieser Abferkelei.«

Aber dabei fiel mir auf, daß »seine liebe Not haben« nicht von mir stammte, sondern von Großmutter. Ach, Großmutter, Raquelita, meine Kleine, du warst gar nicht gestorben, in mir lebtest du fort, durch meine Gedanken spukend.

Ich betrat Papis Zimmer und fand dort Carlos, der eben eine neue Flasche Serum anschloß.

»Außer der haben wir nur noch eine für die Nacht«, sagte er. »Morgen müssen wir neue kaufen.«

Aber er wußte nur zu gut, daß es nicht nötig sein würde, daß es kein Morgen gab für Papi. Er hatte das gesagt, damit Papi es hörte und glaubte, er werde weiterleben. Und das war gut so. Gesegnet sei Gevatterin Tod, solange einer nicht mitkriegt, daß er stirbt.

Carlos justierte die neue Flasche, und die Tröpfchen, die erst rasch gefallen waren, lösten sich jetzt bedächtig, ruhig, im unaufhaltsamen und sicheren Takt eines Rosenkranzes.

»Betrachten wir heute wieder die schmerzhaften Geheimnisse, Großmutter?«

»Ja, mein Junge«, sagte sie.

»Worum geht's denn beim ersten eigentlich? Daß Christus so um die eine Million hundertfünfzigtausendfünfhundert Schläge auf den Rücken kriegt und dann aussieht wie ein armer Sünder?«

»Du sollst nicht über die Religion spotten, mein Kind, sonst wanderst du schnurstracks in die Hölle.«

»Um so besser. Hier ist es nicht zum Aushalten langweilig, nie ist was los. Immer nur beten. Montag Rosenkranz, Dienstag Rosenkranz, Mittwoch Rosenkranz, Donnerstag Rosenkranz, Freitag Rosenkranz, Samstag Rosenkranz, Sonntag Rosenkranz. Hängt dir die dauernde Wiederholung nicht zum Hals raus?«

»Aber wenn's Filme wären, das würde euch gefallen ...«

»Klar! Es ist ja auch kein Film wie der andere, und der Rosenkranz immer dasselbe: Ave-Marias und Ave-Marias. Hast du denn nie Lust, ins Kino zu gehen, Großmama?«

Wozu das denn, das seien doch Hirngespinste.

»Hirngespinste? ›Der rote Korsar‹ oder ›Der schwarze Korsar‹? Himmel, Großmutter, du bist ja verrückt, du weißt nicht, was du sagst. Wieso redest du über Dinge, von denen du nichts verstehst? Du verstehst dich doch nur aufs Waschen, Bügeln, Fegen, Staubwischen, Kochen, Hühner und Schweine Großziehen, Hunde Versorgen und Kaffee Waschen. Ach ja, und auf Hörspielserien im Radio. Wie viele hörst du am Tag. Fünf? Zehn? Wie öd!«

»He! Und was kümmert dich das? Bezahlt ihr etwa den Strom?«

»Nein, Großmama, der Strom ist egal, den bezahlt Großvater. Aber die Serien verblöden dich noch.«

Sie hörte, wie gesagt, zwischen fünf und zehn und warf sie alle durcheinander, die Serie um elf am Morgen mit der um sechs am Abend, und wenn man sie nach einer fragte, erzählte sie von einer anderen. Ihre Welt war ein unermüdlicher Kampf der guten Guten gegen die bösen Bösen. Und ich, Großmama, wo war ich? Bei den Guten? Oder bei den Bösen?

Das Fernsehen hatte sie nie gemocht, weil es sie nicht entführen konnte. Weil die Bilder eindeutig sind und nicht wie das gesprochene Wort ihre Phantasie anstachelten, die während der Hörspiele zusammen mit dem Kurier des Zaren auf den Radiowellen über die knüppelhart gefrorene russische Steppe galoppierte oder mit hoch erhobener Lanze eine mittelalterliche Burg nahm. Dagegen spielten die kolumbianischen Fernsehserien, weil das Budget kläglich, das Land erbärmlich und geistig minderbemittelt ist, immer in einem einzigen Zimmer, und die Schauspieler waren häßlich wie die Nacht, so hölzern und steif, daß Sie sich getrost die erstbesten Hansel aus dem richtigen Leben vorstellen können, wie man sie Tag für Tag zuhauf auf der Straße sieht, wo sie gegen die Laternen pinkeln oder auf ihren Haxen herumlaufen. Was für ein hirnloser Apparat, so ein Fernseher! Bezaubernd das Radio und seine Hörspielserien, bei denen sich die

Dame, so sie wollte, vorstellen konnte, wie sie auf Rosen gebettet mit ihrem Traumprinzen Champagner schlürft. Obwohl – warum sollte meine Großmutter Champagner trinken wollen, wenn es Heiße Schokolade gab? Und wozu ein Traumprinz, wo sie doch meinen Großvater hatte?

»Großmama, hast du Großvater lieb?«

»Was für eine alberne Frage, mein Kind. Natürlich!«

»Und wen hast du lieber: ihn oder mich?«

»Euch beide.«

»Nein, Großmutter, nicht schummeln, keine Ausreden. Antworte: wen? Ihn oder mich.«

»Euch beide.«

Und davon war sie nicht abzubringen. Aber ich wußte nur zu gut, daß er es war, den sie lieber hatte. Nach ihm kam ich dann, um der Wahrheit die Ehre zu geben, noch vor ihren hundert Kindern und übrigen Enkelkindern. Und ich wiederum hatte sie lieber als irgendwen sonst, eine grenzenlose Liebe. Und wenn sie die nicht im gleichen Maß erwiderte, was kümmert mich das, was zum Teufel, so ist die Liebe eben: unausgewogen, verzogen, aus dem Lot, hinkend.

Und hier werde ich von der langsamen Nacht fortgeschleift, in diesem aus dem Leim gegangenen Bretterbett, das schon unter meinem unruhigen Gewissen knarrt und überdies zu klein ist für mich, weil Onkel Argemiro, das Genie, es in Liliputanergröße gebaut hat, als er meinte, er müsse sich als Schreiner versuchen und Miniaturmöbelchen für Erwachsene herstellen, hänge mit den Füßen in der Luft, und die Stechmücken sirren in der Luft, diese Hurenbälger von Stechmücken mit ihrem Sirren, das die nahtlose Zeit durchschneidet, Streifen aus der Dunkelheit reißt und mir wie mit Rasierklingen die Seele auftrennt. Wäre das Bett doch nicht so kurz und die Nacht nicht so lang und würden die »musiciens« nicht sirren und Ruhe geben… Aber nein, das Universum wird von Murphy regiert, und so muß alles in der schlechtesten aller Welten immerzu schlimmer kommen. Und ich verfluchte diesen mexikanischen Präsidentenhundsfott José López Portillo, selbstgefälliger Pesowachhund, der die Bestechmückenplage über unseren unglücklichen Planeten gebracht hatte. Eitler Blutsauger, aufgeblasen und mächtig stolz, wie du bist, auf deine korrupte PRI, deren Mafiaboß du sechs Jahre lang gewesen bist, wirst du uns ungestraft entschlafen? Will dein laxes, auf den Hund gekommenes Land dir nicht den Prozeß machen?

Und kaum bin ich aus dem Land der Bestechung zurück im Land der Killer, hallen draußen Schüsse aus einem Schnellfeuergewehr, und die Seele, die mir die Stechmücken mit ihren Rasierklingen aufgetrennt hatten, wird mir zusammengeflickt von den Salven: ratatatatatata. Kolumbien, Mörderland, Rabenvaterland, verhurenbalgte Leibesfrucht Spaniens, wen bringst du gerade um, du Wahnsinnige? Welch ein Fortschritt in so wenigen Jahren! Früher schlugen wir uns mit Macheten die Köpfe ab, heute pusten wir uns mit Mini-Uzis um. Und wieder auf dem Fluß der Zeit, wandte ich mich gegen die reißende Strömung, die mich stur dem Tod entgegenspülen will, nach meiner Kindheit um, nach den Kopfabhackern der Nächte meiner Kindheit, als die Machete Kolumbien in Besitz nahm. Konservative oder liberale Machete, heimische, vertraute, brüderliche, wie du aus dem Hinterhalt der abgeernteten Felder sprangst, um mit deiner vom Blut roten Klinge die kalten Strahlen des Mondes zu durchtrennen, ersetzt haben sie dich schon, schon vergessen, aber ich nicht, hier bin ich, der niemals vergißt, bin hier, um dir zu huldigen und dich wachzurufen, mich an dich zu erinnern und dein gedächtnisloses, undankbares Kolumbien daran zu erinnern, daß es dich einmal gegeben hat und du die Königin der Nacht warst. Gemeinde Medellín, Departement Antioquia, Republik Kolumbien, abgestempelte Papiere, Unterschriften, Siegel und Stempel, Bürokratie, und die Kopflosen treiben die Flüsse des Vaterlandes hinab: geköpft von Macheten, ausgeweidet von Geiern, aufgedunsen vom Wasser und alle alle alle, Konservative wie Liberale gleichermaßen gleichgemacht von Gevatterin Tod, meiner Patin, der Unwiderstehlichen, die ihr Häkchen unter sämtliche Urteile setzt. Und die polyglotten grünen Papageien mit ihren schweren Zungen sollen kommen und mir sagen, ob oder ob nicht. Geliebte konservative und liberale Papageien, meine Brüder im Kolumbien des Hasses, was träumt ihr vom Sprechen, Wörter sind nicht der Rede wert – unbeholfen, ungenau, mittellos, nicht fähig, eine sich wandelnde Wirklichkeit zu fassen, die uns entgleitet wie ein Fluß, den wir mit Händen packen wollen. »Hoch die große liberale Partei, nieder mit den konservativen Hurensöhnen!« kreischte ein Schwarm Papageien über Santa Anita, dem Landgut meiner Kindheit. Wir rannten mit einer Flinte nach draußen und wollten sie fertigmachen. Sie fertigmachen? Sie entwischten als grüne Staubwolke und hinterließen uns am blauen Himmel einen Kondensstreifen aus Gelächter: »Ha, ha, ha, ha, haaah!« Später zog wieder ein Schwarm vorbei, diesmal konservative Papageien, Parteifreunde meines Vaters, und sie kreischten: »Hoch die große konservative Partei, nieder mit den Liberalen!« Eben genau dasselbe, bloß umgekehrt. Und wieso das alles? Wieso die einen so und die anderen anders? Na logisch, weil die einen vom Parteivorstand der Liberalen von Antioquia und deren Vorsitzendem Dr. Alberto Jaramillo Sánchez indoktriniert wurden und die anderen von dem der Konservativen und deren Vorsitzendem Dr. Luis Navarro Ospina, einem gottgefälligen Mann, der täglich im Morgengrauen die Messe besuchte und einen Bürstenhaarschnitt trug. Aber wen zum Teufel interessiert das heute noch? Niemanden. Konservative wie Liberale waren nichts als ein schmutzstarrender Haufen Ferkelstecher, Rechtsverdreher, Postengeier, und nachdem sie anderthalb Jahrhunderte mit der Kirche herumgehurt hatten, hatte es in Kolumbien jeder mit jedem verschissen. Was zweifellos zu kitten wäre, keine Frage, aber ein aufgeschlagenes Ei macht sich leichter wieder heil. Sonnenaufgang der Spottdrosseln, Sonnenuntergang der Papageien, Kolumbien, Kolumbienchen, mein Täubchen, du verläßt mich. Über Puerto Valdivia am Cauca und Puerto Berrío am Magdalena ziehen Schwärme glücklich höhnender Papageien und zerreißen mit ihrem heftigen grünen, rauhen Flattern die düstere Trauer meines Herzens. Und willfährig folgte mein eigener Fluß dem Cauca, der in den Magdalena mündete, der ins Meer mündete. Im Magdalena gab es Kaimane, aber im Cauca nicht, denn der war zu grimmig und aufbrausend, ein hoher Herr von einem Fluß, Leichenverschlepper, Kaimanersäufer. Ach, Großmutter, jetzt sind die Flüsse Kolumbiens ausgetrocknet und die Papageien gestorben und die Kaimane verschwunden, und wer sich erinnert, ist verratzt, weil die Vergangenheit Rauch ist, Wind, Nichts, unerfüllte Hoffnungen, unstillbare Sehnsucht.

Und wie ein Gespenst, das an den immer gleichen Orten spukt, kehrte ich zurück auf die vordere Veranda von Santa Anita zu einem Nachmittag voller Azaleen- und

Geranienblüten, an dem ich meine Großmutter genötigt hatte, mir (gegen ihren Willen) Heidegger vorzulesen, und mir, während sie resigniert las und ich mich behaglich in meinem Schaukelstuhl schaukelte und den vertrackten Gedankengängen zu folgen suchte, ein Kolibri, der über den Blumentöpfen herumschwirrte, im Flug den roten Faden verwirrte und meine Aufmerksamkeit ablenkte. Plötzlich landete der Kolibri auf einer Geranie, die Zeit verrann nicht mehr, und der Abend verewigte sich im Augenblick. Im Dunkel der Nacht, in der Blindheit meines Daseins, im Gefängnis meines Selbst, in der Enge dieses Zimmers, in diesem zu kurz geratenen Bett konnte ich bei Mückengesirr und Schüssen diesen Augenblick zurückerobern, und er trug die Farben des Kolibris: blau, rot und grün.

Fürs erste gibt es Gott nicht, ist dieser Papst ein Schwein und Kolumbien ein Schlachthof, und ich reite im Stockfinstern auf der dummen Erde im Kreis. Ach, Großmutter, wärst du am Leben, würden deine blaßgrünen Augen mir noch einmal die Seele erhellen ... Und um einzuschlafen, zählte ich Tote. Großmutter? Tot. Großvater? Tot. Meine Großtante Elenita? Tot. Onkel Iván? Tot. Mein Cousin Mario? Tot. Mein Bruder Silvio? Tot. Und ich? Tot? Tote über Tote und mehr Tote, und draußen auf der Straße mordet das entfesselte Kolumbien weiter. Hervorragend! Weiter so, tolles Land, hier mangelt es nicht an Schulen, Universitäten, Krankenhäusern, Straßen, Brücken! Hier gibt es bloß ein paar Hurenbälger zu viel. Man sollte mit dem Giftsprühen anfangen. Was wäre wohl musikalisch der treffende Begriff für Salven aus einem Maschinengewehr? Triller? Oder Tremolo? Schweine, meine Brüder, Eber und Säue! Verzeiht, daß ich euch eben für einen Vergleich mit dem vatikanischen

Geschmeiß herangezogen habe, der Globus ist zu rasch mit mir herumgewirbelt und hat mein Hirn leergefegt. Eine vergleichbare Mißgeburt hat die verdammte Erde in fünf Milliarden Jahren der blinden Drehung um sich selbst nicht hervorgebracht.

Es tagte, und durch die verstaubten Jalousien zwängte sich die dumme Sonne ins Zimmer. Ich stand auf, zog Hose und Hemd an und wollte ins Bad zum Pinkeln. Beim Hineingehen blickte ich versehentlich in den Spiegel, was ich nie tue, denn Spiegel sind die Pforten zur Hölle. Es war ein jämmerlicher blinder Spiegel ohne Rahmen wie in einem Stundenhotel, der an der Wand über dem Waschbecken klebte und in der rechten oberen Ecke einen Sprung hatte. Da sah ich ihn, im Spiegel bis zum Hals in seinem Elend und seinen Lügen auf Grund gelaufen: ein Alter mit faltiger Haut, buschigen Augenbrauen und erloschenem Blick.

»Wer bist du, du Riesenhurenbalg!« schnauzte ich ihn an. »Kennen wir uns?«

An den Brauen erkannte ich ihn.

»Ach ja...«, sagte ich und trat einen Schritt zurück, weg von dem Spiegel.

»Ach ja...«, sagte das alte Riesenhurenbalg und trat einen Schritt zurück, weg von dem Spiegel.

Dann drehte der Alte sich zur Kloschüssel um, hob den Deckel, öffnete den Hosenstall, holte seinen dummen Schwanz heraus und pinkelte.

Leben ist ein trauriges Geschäft, dachte er beim Pinkeln, die frohen Momente wiegen das Unglück nicht auf.

Er sah hoch zu dem in die Klowand eingelassenen Bord mit den Medikamenten und suchte mit dem Blick das Eutanal: da war es, das Elixier des guten Todes, und daneben lag die Spritze.

Früher, dachte er, teilte sich Kolumbien in Konservative und Liberale. Heute teilt es sich in Mörder und Leichen.

Womit er wieder beim Thema war, seinem altbekannten Thema, dieses arme, unterbelichtete und dumme Land zu beschimpfen.

»Du unterbelichtetes und dummes Land!« fuhr er es an. »Jetzt ist es soweit, nicht einmal Fußballweltmeister bist du geworden, obwohl du dein Hirn vollständig in den Haxen hast.«

Von draußen, von der Straße, drang ein hysterisches Hupkonzert – der unvermeidliche Stau, der sich Tag für Tag um sieben Uhr morgens an der Kreuzung der beiden Hauptstraßen Nutibara und Jardín bildete, den beiden einzigen, die es in Laureles gab und die alt waren, alt alt alt, älter als er. Und er hört das, und der Gaul geht ihm durch:

»Du verdienst es doch nicht anders, Kolumbien, nichts anderes verdienst du als Gaviria, diese Schwuchtel, der hat dir doch die Schlaglöcher gestopft und Straßen gebaut und dafür gesorgt, daß du Autos importierst und deine Zukunft im Stau steckt. Warum hast du ihn gewählt, du Pfeife, wer hat dich gezwungen? Hat dir jemand eine Knarre an den Kopf gehalten, oder was? Jetzt steckst du endgültig fest (solltest du dich jemals bewegt haben), Scheißland.«

Über das Hupspektakel hinweg hörte man plötzlich Schüsse, und seine Miene hellte sich auf.

»Schüsse? Hervorragend! Schafft Platz für die Kinder, die ihr in die Welt setzt!«

Weil Schüsse ihm nämlich ein Fest waren: Sie erinnerten ihn an die Silvesterkracher seiner Kindheit.

Der Alte war mit Pinkeln fertig, drückte die Spülung,

packte seinen dummen Schwanz ein und schloß den Hosenstall. Als er aus dem Bad ins Schlafzimmer trat, sah er die gleißenden Sonnenstrahlen in der staubigen Luft.

»Schlampen!« schrie er. »Verbrechermösen, die vom Gesetz nicht verfolgt werden. Wollt ihr weiter Kinder machen? Gaviritas, Samperitas, Pastranitas, Senatoren, Gouverneure, Minister, Radfahrer, Fußballer, Bischöfe, Priester, Drogenbosse, Stricher, Päpste?«

So war er immer. Er reihte Verwünschung an Verwünschung wie die Ave-Marias in einem Rosenkranz.

Er verließ das Schlafzimmer und stieg die steile Treppe hinunter, um sich in der Küche einen Kaffee zu kochen.

»Kaffee? Idiot! Was für Kaffee! Es gibt keinen Kaffee im Kaffeeland!«

Mangels Kaffee setzte er Wasser auf, und als es siedete, gab er hinein, was da war: Essig und Salz.

»Und Krebs? Diese Frau ist der Krebs, beißt sich sechzig Jahre lang an einem fest und saugt einem die Seele aus dem Leib!«

Und er ließ sich das köstliche Essigwasser mit Salz schmecken und sich nebenbei zu neuen Verwünschungen anregen für »dieses armselige Land, in dem ein verfluchter Menschenschlag Kinder macht und mordet«, seine Worte.

»Rabenkinder des Rabenvaterlandes!« brüllte er ihnen zu. »Umbringen sollt ihr euch immerdar, die einen die andern in Erfüllung eurer Bestimmung als ermordete Mörder! Amen. Ite missa est.«

Nach beendeter Messe stieg das alte Hurenbalg die Treppe wieder hoch, betrat das Schlafzimmer, ging weiter ins Bad und nahm das Eutanal vom Bord. Und was tat er dann? Na? Er tränkte einen Wattebausch in Alkohol und desinfizierte den Gummipfropfen der Ampulle. Als wäre das Eutanal ein Heilmittel! Als könnten Tote sich infizieren!

»Du Narr!« sagte er zu sich. »Was tust du da?«

Der alte Narr wußte schon nicht mehr, was er tat. Da blickte er wieder versehentlich in den Spiegel und sah seine müden Augen, die mich unendlich müde anblickten.

Ich nahm die Spritze vom Bord, zog den Plastikschutz von den Nadel und bohrte, die Ampulle in der Linken, die Spritze in der Rechten, die Nadel durch den Gummipfropfen, zog am Kolben und füllte die Spritze mit Eutanal. Ich steckte den Plastikschutz wieder auf, um mich nicht zu stechen, barg die gefüllte Spritze in der Hemdtasche, ging vom Bad ins Schlafzimmer und vom Schlafzimmer in den Flur und durchquerte die Bibliothek. In der Tür seines Zimmers blieb ich stehen und spähte ins Zwielicht. Carlos, der die Nacht neben ihm in einem Sessel verbracht hatte, stand auf, als er mich sah.

»Wie schaut's, Bruderherz!« begrüßte ich ihn.

»Wie schaut's, Bruderherz!« begrüßte er mich.

Meine Miene fragte, wie es um ihn stand, und Carlos' Miene bedeutete mir, es sei nichts mehr zu machen.

»Geh schlafen«, sagte ich, »ich bleibe bei ihm.«

Als Carlos aus dem Zimmer war, trat ich ans Bett, setzte mich neben ihn und beugte mich zu ihm hinunter. Sein bittender Blick begegnete meinem ein letztes Mal. Was wollte er mir sagen? Daß ich im helfen sollte zu leben? Oder ihm helfen sollte zu sterben? Zu leben, natürlich, sterben wollte er nie. Ich sah von ihm weg und die Flasche mit dem Serum an: langsam, unschlüssig rannen die Tropfen lautlos durch den durchsichtigen Gummischlauch. Einer, noch einer, noch einer, zählten sie die Zeit aus.

»Wenn du wüßtest, wie sehr ich dich liebe. Ich habe es dir nie gesagt, weil nie Gelegenheit dazu war. Und wozu auch, wozu aussprechen, was offensichtlich ist... Du wirst sehen, du stehst das durch, bald geht es dir besser, und du erlebst Silvester 2000, dann feiern wir alle zusammen in La Cascada das neue Jahrtausend. Und weißt du wie? Mit einem Kübel voll Schnaps und einem Sternschnuppenregen an einem gigantischen Nachthimmel! Glaub's mir, ich kann zaubern und weiß mehr als die Ärzte. Diese Quacksalber darf man nicht ernst nehmen.«

Ich stand vom Bett auf und ging in eine Ecke des Zimmers, wo er mich nicht sehen konnte. Dort zog ich die Spritze aus der Tasche und streifte den Schutz von der Nadel. Dann trat ich wieder zu ihm und zu der Flasche mit dem Serum. Verloren blickten seine glasigen Augen zur Decke. Da bohrte ich die Nadel in den Gummischlauch, drückte auf den Kolben, und mit dem letzten fallenden Tropfen Serum drang das Eutanal ein.

»Ach!« stöhnte er auf.

Nicht eine Sekunde war vergangen, nicht ein Milliliter Eutanal in den Blutkreislauf gelangt. Es war atemberaubend. Wie bei dem Hund. Ich sah, wie seine Augen in der Leere verharrten. Die Zeit, Erfüllungsgehilfin des Todes, stand still – Papi hatte sich von den Schrecken des Lebens ab – und den Schrecken des Todes zugewandt. Er war ins Nichts zurückgekehrt, das er nie hätte verlassen sollen. Da begriff ich, wozu er mir, ohne selbst darum zu wissen, das Leben aufgezwungen hatte, wozu ich geboren war und gelebt hatte: Um ihm sterben zu helfen. Darin erschöpfte sich mein Leben.

Ohne den Staub aufzuwirbeln, den die Wahnsinnige in ihrer Trägheit dicker und dicker werden ließ, war sie einmal mehr mit federleichtem, samtenem Schritt zu uns gekommen, die gefürchtete Gevatterin, meine geliebte, von mir ersehnte Herrin.

»So, Papi, Geschäft erledigt. Du mußt nicht länger leiden, geh nur, und mach dir keine Sorgen um unser Haus, ich weiß schon, wer hier in Zukunft durchkehrt. Der Bastard von Wind!«

Während ich die fast volle Spritze Eutanal in die Tasche steckte, hörte ich am Himmel das Tuckern eines Sportflugzeugs, wie sie noch immer auf dem alten Flugplatz landeten, auf dem eines Tages, ich war noch nicht geboren, Gardel ums Leben gekommen war.

Wie viele Flugzeuge ziehen wohl gerade durch den Himmel, dachte ich. Und wie viele Menschen und Tiere wurden eben jetzt geboren. Oder starben. Und wozu das alles? Wozu die Plackerei, wie Großmutter gesagt hätte? Um den Plan Gottes zu erfüllen? Ja, Großmutter, um den Plan des Monsters zu erfüllen.

Als ich das Zimmer verließ, trat der Große Sack ein. Ich sah ihn nicht an.

»Himmel, Papi«, sagte ich zu dem, der nicht mehr hörte, »daß du dieses Hurenbalg gezeugt hast, war der größte Bockmist deines Lebens.«

Nach dem Großen Sack kam die Wahnsinnige, die ihn geboren hatte. Und in der folgenden Stunde kamen all die anderen – Kinder, Schwiegersöhne, Schwiegertöchter, Enkel – und begriffen, daß es zu spät war, daß unser Haus eingestürzt war und es keine Rettung mehr gab.

Ich ging zurück in mein Zimmer und leerte die Spritze im Waschbecken im Bad. Welche Verschwendung! Durch den Abfluß rann genug Eutanal, um ganz Kolumbien über den Jordan zu befördern. Und warum spritzte ich mir nicht zuvor das bißchen, das es bis ins Blut geschafft hätte?

»Wozu!« sagte ich mir, als ich über die steile Hintertreppe zur Mülltonne ging. »Wenn mich diese Treppe nicht irgendwann beim Runtergehen umbringt, bringt mich irgendein Killerkind beim Rausgehen um.«

Und wieso ein Killerkind? Ein Killer ist, wer im Auftrag mordet, für andere. Könnte mich denn nicht irgendein Mitmensch aus eigenem freien und souveränen Antrieb umbringen? Aber sicher! Bloß nennen wir in dem Riesenschlamassel, dem unser anbetungswürdiges Land anheimgefallen ist, mittlerweile jeden Mörder Killer. Eine Frage der Semantik. Wir unterscheiden schon nicht mehr, wer gedungen ist und wer nicht. Kommen sowieso alle straffrei davon. Das Chaos gebiert neues Chaos. Und, meine Herren Physiker, halten Sie dieses Gesetz als obersten Lehrsatz fest, denn es ist wichtiger als alle Gesetze über die Erschaffung der Welt und sämtliche Hauptsätze der Thermodynamik, die sich in aller Bescheidenheit daraus ergeben. Die Ordnung ist ein Trugbild des Chaos. Und man kann unmöglich nicht geboren werden, kann das Leben nicht verhindern, das, einmal vorhanden, so unwiderruflich ist wie der Tod. Schluß aus. Dixit.

Und wer glaubt, in seinen Kindern lebe er fort und verwirkliche sich in ihnen, ist auf dem Holzweg. Ach, »sich verwirklichen«! Dieser Sprachwitz! Was heißt verwirklichen, Idioten! Niemand verwirklicht sich in niemandem, und es gibt nur das eigene Leben und den eigenen Tod. Als Kind glaubt man, die Welt gehöre einem; das Leben lehrt einen: Fehlanzeige. Die Jungen wollen den Alten den Rang ablaufen, und die Alten halten dagegen, damit ihnen keiner den Rang abläuft. Damit hat sich das Geschäft.

Ich warf die leere Eutanal-Ampulle und die Spritze in

den Müll. Beim Öffnen wehte der Gestank fauliger Orangen, gegorener Glückseligkeit aus der Tonne. Das Leben ging also weiter wie gehabt, und die Sonne drehte sich um die Erde, ging auf, unter, auf, unter, zog wie nach Kompaß tagaus, tagein die gleiche eingefahrene Bahn am Himmel. Hach, wie originell!

Als ich wieder in der Bibliothek war, kamen Manuels Töchter und Glorias Söhne eben weinend aus Papis Zimmer.

»Wie! Habt ihr sie noch alle?« schalt ich sie. »Keine Tränen! Seht ihr nicht, daß Großpapa endlich seine Ruhe hat? Vor euch!«

Und ich schickte sie zum Spielen in den Hof. Wie naiv von Papi zu glauben, er werde in mir weiterleben. Als würde es einen Schatz retten, wenn man ihn auf ein untergehendes Schiff verlud.

Ätherisch und durchsichtig wie ein Spuk schwebte Darío in einer Marihuanawolke über die Vordertreppe nach oben. Ich sah ihn, er sah mich, und wir sagten nichts zueinander. Seit er wieder trank, weigerte ich mich, mit dieser wandelnden Verantwortungslosigkeit zu reden. Wenn er sich umbringen wollte, bitteschön, sollte er sich umbringen. Menschen hat's mehr als genug auf der Welt. Er betrat Papis Zimmer zurückhaltend wie ein Fremder, der nicht geladen ist. Ich blieb draußen in der Bibliothek und sah Leute ein und aus gehen: Brüder, Schwestern, Neffen, Nichten, Schwager, Schwägerinnen. Carlos telefonierte eben mit dem Bestattungsinstitut. Kurz darauf kam ein Arzt, um den Totenschein auszustellen. Todesursache: Leberkarzinom. Genau, Leberkarzinom, was weniger hochgestochen Krebs heißt, was schlicht Tod heißt.

Zumindest tötete einem Kolumbien nicht mit weiteren

Beerdigungsformalitäten den Nerv. Darin war das Gesetz dort ziemlich verständnisvoll, geradezu menschlich. Leben konnte man zwar nicht, aber sterben ließen sie einen. Sollte es den kolumbianischen Kongreßheinis eines Tages einfallen, auch die Beerdigungen zu regeln, würden sich im übrigen sogleich mindestens fünf Millionen unbeerdigte Leichen in unterschiedlichen Graden der Verwesung bei den Leuten zu Hause stapeln – eine verwester als die andere. Welch Verlockung für die Geier! Die Ärmsten! Als würde man mir eine Schule voller nackter Knaben vor die Nase setzen, und ich dürfte keinen anfassen.

In Mexiko töten sie einem mehr den Nerv, dort mußt du schmieriges Bargeld zahlen, wenn du den Herrn Papa beerdigen möchtest. Und einen Sarg mußt du auch kaufen, selbst wenn du den Toten zu verbrennen gedenkst. Erst legen sie ihn in den Sarg, und nach einem Weilchen holen sie ihn wieder heraus, um ihn nackig zu verbrennen. Und der Sarg? Was ist mit dem Sarg? Na, den kannst du entweder zu Hause als Bett benutzen oder du stiftest ihn den Armen und läßt ihn beim Bestattungsinstitut. Das ihn, kaum hast du dich mit eingezwängtem Schwanz getrollt, an den nächstbesten Toten als neu verkauft. Und die Armen? Sollen sehen, wo sie bleiben, die Armen, scheiß der Hund drauf. Und die Regierung? Tut die Regierung denn nichts, wenn die Leute ausgenutzt werden? Natürlich tut sie was! Sie schickt einen Beamten, der das Bestattungsinstitut kontrollieren soll, und der Beamte läßt sich vom Bestattungsinstitut schmieren. Der Bürger Mexikos hat zum Geborenwerden, zum Sterben, Essen, Scheißen allzeit einen Beamten vor sich, der die Hand aufhält. Manchmal einen Polizisten. Aber das Land funktioniert. Wie geschmiert. Der Verkehr, der Absatz von

Küchengeräten, der Blutkreislauf, die Nutten des Präsidenten, die Pässe der Reisenden, die Beisetzung der Entschlafenen... Schmiergeld ist eine geniale Erfindung. Wie das Rad.

Und in Kuba, da stirbt es sich auch schön, da ist einem die Beerdigung sicher. Wenn Sie in Kuba bleiben, können Sie Gift darauf nehmen, daß Fidel Sie beerdigt. Und das Gewürm von Miami zahlt. Und mich? Wer beerdigt mich? Doch nicht dieser Papst! Den ich fortan klein schreiben werde, weil diesem Sesselpupser die Großschreibung am Hintern schlottert.

Der Arzt war kaum weg, da kamen die vom Bestattungsinstitut und gingen hinein zu Papi. Waren seine Augen offen? Weiß ich nicht. Hatte die Leichenstarre eingesetzt? Weiß ich nicht. War er noch immer im Schlafanzug? Weiß ich nicht. Ich weiß, daß die vom Bestattungsinstitut Carlos fragten, ob Papi Wertgegenstände am Leib trage, und Carlos antwortete:

»Das einzig Wertvolle ist er.«

Sie legten ihn auf die Bahre, deckten ihn mit einem Laken zu, trugen ihn in die Bibliothek und zwischen uns hindurch zur Treppe. Den Kopf gesenkt, als müßte er sich für sein Dasein entschuldigen, wich Darío zur Seite. Nie hatte ich ihn verlorener gesehen im Leben, nie meinem Unglück näher. Seine Ausweglosigkeit summierte sich zu meiner, sein Scheitern zu meinem. Wenigstens hatte Papi nicht mehr erfahren, daß Darío aidspositiv war...

»Und selbst wenn!« entgegnete ich ihm, seine Gedanken lesend. »Er hat dir schließlich das Aids des Lebens angehängt.«

Lachend hockte Gevatterin Tod an der Decke und verhüllte die hohen Wände der Bibliothek mit ihrem Umhang. Ich entfernte die Decke, entfernte die Wände, entfernte den Fußboden und hing im unendlichen und dunklen Nichts mit dem Blick auf Gottes Sternenzelt. Der Süden war unten, zu meinen Füßen; der Norden oben, über meinem Kopf; der Westen zu meiner Linken, auf der Seite meines Herzens; und der Osten dem Westen gegenüber, zu meiner Rechten. Ich drehte mich in der Leere, und die Unendlichkeit des Allerhöchsten stand kopf. Ich bin der einzige Referenzpunkt im Raum. Und ein Zimmer ist ein Kubus voller Luft, und mehrere derselben sind ein Haus.

Mit Carlos folgte ich der Bahre nach unten. Oben an der Treppe, die sie nie hinunterging, um sie nachher nicht wieder hinaufgehen zu müssen, stand die Wahnsinnige und sah, wie ihr Dienstmädchen sie für immer verließ.

Draußen machte das Radio des Leichenwagens ein Brimborium um die neuesten Nachrichten: Gavirita habe verkündet, Samperita erlassen, Pastranita gedroht. Papi wurde mit Scheiße verabschiedet. Nichts zu machen, zwischen Scheiße werden wir geboren, leben und enden wir.

Zwei Stunden später brachten die Bestatter die Asche in einer kleinen Urne. Gott allein weiß, wo die Urne in diesem Chaoshaushalt abgeblieben ist. Die Asche jedenfalls trage ich seither in der Brust, linkerhand, in der Totengruft, zu der mein Herz geworden ist. Wer lange lebt, trägt an vielen Toten, das ist natürlich. So lautet der Hauptsatz der Lebenden, auch Satz von der Proportionalität der Toten, den ich entdeckt habe und der die gelebten Jahre mit den zu tragenden Toten in direkte Relation setzt, so daß, wer länger lebt, mehr zu tragen hat: $l=t^2u$ (l gleich t-Quadrat u), wobei l lebend ist, t tot und u die universelle Konstante des Unglücks, die sich als

»Konstante« »konstant« ändert wie der einsteinsche Raum: Sie krümmt sich, schrumpft, streckt sich, dehnt sich aus, wird länger. Siehe dazu mein thanatologisches Traktat »Entre fantasmas«, in dem dies alles sehr schön erklärt wird, in einfachen Worten und mit vielen Beispielen aus dem täglichen Leben. Es dürfte mittlerweile in der fünfzehnten Auflage sein.

Nachdem Papi tot war, ging ich zum Teufel und schwor, nicht zurückzukehren. Sage keiner, von diesem Wasser trinke er nicht, denn von eben diesem Wasser wird er trinken, da dies der Fluch Kolumbiens ist. Kein Jahr war seit diesem Tod vergangen, und schon war ich zurück für den nächsten.

Über das alte Sträßchen von Rionegro, wo man zur Verschandelung der Landschaft den neuen Flughafen gebaut hatte, schlängelte sich das Taxi von Kurve zu Kurve hinab nach Medellín. Eine Kurve, nächste Kurve, nächste Kurve, nach rechts, nach links, vom kühlen Hochland ins heiße Tiefland wurde ich eingelullt von einem Kommen und Gehen der Erinnerungen. Dieses Sträßchen war ich unzählige Male mit Darío hinauf und hinunter gefahren in unserem Studebaker voller Schönheiten. Wann? Jahre und Jahrzehnte her. So ein Auto ist heute ein Museumsstück und ein Vermögen wert. Und die Schönheiten, hach, falls sie noch leben, taugen wohl nicht mal mehr als Futter für die Löwen im Zoo oder als Würstchenfüllung. So geht's. Bei der Endabrechnung stehen Autos besser da als Menschen. Egal, lassen wir das.

Die eben vom Regen gewaschenen Felder zogen in frischem Grün hinter den Fenstern des Taxis vorbei. Hier und da am Wegesrand oder auf der Kuppe eines Hügels standen alte Bauernhäuser mit ihren gekalkten Mauern und Veranden mit Holzbalustraden und blühenden Blumentöpfen auf den Holzbalustraden, sahen mich vorbeifahren und sagten mir Lebewohl.

»Lebewohl! Lebewohl! Fernando!«

»Wie! Noch immer hier, nicht abgerissen?«

»Noch nicht. Hier sind wir, und hübsch wie eh und je.«

Und schmerzlich wurde mir bewußt, daß die infame Zeit sie nur deshalb verschont hatte, weil sie mich verhöhnen wollte, mich daran erinnern wollte, was ich gewesen war und mit mir ganz Kolumbien, verrückte Kinder, die wir nie mehr sein würden, weil wir alt geworden waren und alle Unschuld für immer verloren war und mit der Unschuld die Hoffnung. Unsere Träume hatten wir unterwegs verstreut, und mit den letzten, die uns geblieben waren, entfachten wir gestern ein großes Feuer im Hof.

Das Taxi fuhr weiter bergab, und schon spürte man die Hitze Medellíns. Zurück blieben strahlend die Bauernhäuser, leuchteten am Grund meiner Augen mit ihren balustradengesäumten Veranden, ihren blühenden Blumentöpfen, ihren gekalkten Mauern und sagten mir für immer Lebewohl, denn lange vor mir wußten sie aus dem Buch des Schicksals, daß wir uns nie mehr wiedersehen würden.

»Wären Sie so freundlich, das Radio auszuschalten? Pastrana steht mir hier. Wenn ich diese Schwuchtel nicht hören muß, zahle ich Ihnen den doppelten Fahrpreis.«

Ich muß auf den Mörder sehr alt, sehr abgewrackt und hilflos gewirkt haben, denn anstatt mich umzubringen, stellte er das Radio ab. Wer sich das Leben nehmen will, hier mein Rat: Stoppen Sie in einer beliebigen Straße Kolumbiens ein Taxi, das erstbeste, einerlei; steigen Sie ein, und sobald der Fahrer Gas gibt, bitten Sie ihn um das, worum ich meinen gerade gebeten habe. Und durch diese gesegnete Kur gegen die Malaisen des Diesseits werden Sie umgehend ins Jenseits verbracht. Allerdings weiß ich nicht wie. Ob mit einem Messer, einer Machete, einem Revolver, einer Eisenstange oder einer Halbrohrhaue. Kennen Sie nicht? Keine Bange! Sie brauchen es nicht nachzuschlagen, Sie werden eine sehen.

»Danke. Ohne Radio kann ich besser denken.«

Du erinnerst dich doch an den Studebaker, Darío, an den Neid von ganz Medellín? »Das fahrende Bett« nannten sie den, und diese abgehalfterte Stadt, in der nur die Reichen ein Auto besaßen, spuckte Gift und Galle.

»Schwule Bande!« brüllten sie, wenn wir in unserem wunderbaren, mit Knaben gefüllten Gefährt vorbeirollten.

Schwule Bande? Das hatte etwas vom abgenagten Kuba, das die Vereinigten Staaten als Imperialisten beschimpft. Wir warfen ihnen einen Maggiwürfel aus dem Fenster und übersahen sie ansonsten.

»Sorgt weiter für Nachwuchs, ihr Arschlöcher, wir nehmen ihn, wie er kommt.«

So viele Male waren wir hier, durch eben dieses Viertel, Buenos Aires, durch das ich gerade hinunter und hinein nach Medellín fahre, hinauf und hinaus gefahren in unserem Studebaker voller Knaben! Befreit von der Stadt und ihrer Schandmaulnatur, entledigten sie sich am Straßenrand unter dem Licht des Mondes und dem trüben Blick Saturns mit dem ersten Schnaps und beim ersten Halt ihrer Kleider. Nahebei plätscherte ein Bach, und Kühe muhten. Muuuuh, muuuh, muuuh... Weißt du noch, Bruder? Keine Sorge, Darío, in hundert Jahren, und die sind im Handumdrehen um, baut uns diese elende Stadt ein Denkmal.

Das Taxi hielt vor unserem Haus, ich bezahlte dem Mörder die Fahrt, stieg mit dem Koffer in der Hand aus, schellte, und es öffnete der Große Sack, der mich nicht einmal grüßte: Er machte kehrt und ließ mich mit dem Gruß auf den Lippen und dem Koffer in der Hand in der Haustür stehen. Ich stellte den Koffer ab, und da sah ich Gevatterin Tod auf der Treppe.

»Wie! Schon wieder hier?« schimpfte ich. »Ich dachte, du hättest es so weit gebracht wie Dolores del Río und wärst mausetot. Na dann, mach dich nützlich, und paß auf meinen Koffer auf, bis ich zurück bin und ihn hochbringe, ich will meinen Bruder sehen.«

Mit abfällig spöttischer Geste wies sie Richtung Garten.

»Laß niemanden rein«, sagte ich. »Wehe, du machst jemandem auf, alles Mörder.«

Ich schloß die Haustür und ging mit bebendem Herzen in den Garten. Unter einem provisorischen Zelt aus Laken über Wäschedrähten lag er in seiner Hängematte.

»Darío, mein Kleiner, du liegst ja im Zelt des Scheichs!«

Ich drückte ihn ganz fest ans Herz und fühlte, wie wir wieder Kinder waren und in diesem ummauerten Garten unser Entdeckerzelt aus Besenstielen, Decken, Bettüberwürfen und Laken aufgebaut hatten, weil doch in Afrika die Nacht anbrach.

»Gruak! Gruak!« sagte ein jäher Schatten, der vom Mango- zum Pflaumenbaum flatterte.

»Dieser Vogel ist hier seit Tagen unterwegs«, sagte Darío, »aber soviel ich auch gucke, ich sehe ihn nicht. Er entwischt, er entwischt mir.«

Mühsam setzte er sich wieder in der Hängematte zurecht und machte mit seiner unterbrochenen Beschäftigung weiter – pulte Samen und Dreck aus einem Päckchen Marihuana, ausgebreitet auf einem dieser bescheuerten, angeblich norwegischen Minitische mit spitzen, wackligen Füßen, die Argemiro, das Genie, in illo tempore gebaut hatte. Er nahm hier ein Samenkorn, da ein Samenkorn und schnippte sie in alle Winde auf die Wiese.

»Der kleine Aníbal hat es mir mitgebracht«, sagte er.

»Sehr gut. Es wird in der Polizeistation verkauft.«

»Eingeschlagen in den Colombiano?«

»Ähe.«

»Taugt dieses Käseblatt wenigstens für etwas.«

Und indessen seine fleischlosen, gespenstischen Hände weiter gewissenhaft und ohne Eile das heilige Kraut der Haschiden reinigten, das er aus dem gefalteten Käseblatt zog, unterhielten wir uns über dieses und jenes, über das Progesteron, das bei ihm zum Stau der Körperflüssigkeiten geführt hatte, und über die Schönheiten von einst, als es die vermaledeiten Plagen Aids und Internet noch nicht gab und das Alter uns fremd war, fern wie der Tag, an dem angeblich die Sonne verglüht. Soll sie verglühen, dafür schürt Gott ja mit des Teufels Hand den brodelnden Kessel der Hölle. Oder nicht? Dreht uns der alte Mistkerl etwa gleichzeitig die Fußbodenheizung ab?

»Es gibt zwei Arten von Krankheiten«, erklärte ich Darío. »Die einen heilbar, die anderen nicht. Die heilbaren gehen von selber weg oder mit Antibiotika. Die anderen heilt Unsere Heilige Mutter Tod, Mittel aller Mittel.«

»Genau«, sagte er lahm, als ginge ihn das nichts an.

Dann drehte er sich mit dem Papier der Rothäute die Marihuanazigarette, klebte sie mit Spucke zusammen und begann in tiefen Zügen zu rauchen. Und während ihm der unaussprechliche Qualm die Seele trübte, erinnerte er sich an einen prächtigen schwarzen Jungen, den wir in einer Sommernacht im Central Park von New York aufgegabelt hatten.

»Hach, Darío, du bist ja schon wie die Alten, lebst nur noch für die Erinnerung.«

»Ins Admiral Jet haben wir ihn mitgenommen, wo ich der ›super‹ war, und ihn zwischen uns ins Bett gelegt...«

»Und ihn wie einen Pingpongball hin und her gespielt. Eine heiße Nacht, Bruderherz!«

Und ich hob an, Gott zu lobpreisen, daß er uns diese und so viele andere Schönheiten gegeben hatte, unverdientermaßen, und verfluchte den frömmelnden Papst, der sich ach so ökumenisch gibt. Pah! War dieses bleiche Tuberkel etwa jemals mit einem Schwarzen im Bett?

Da macht die Wahnsinnige dann aus dem ersten Stock, von ihrem Fenster aus, diese Bemerkung:

»Wie schön, die beiden Brüderchen beisammen zu sehen, und wie sie sich liebhaben!«

Schön? Geht's unverfrorener? Für eine derartige Lüge brauchte es einen wirren und zynischen Kopf. Was die ein Leben lang angestellt hatte, um uns auseinanderzubringen, Kinder über Kinder in ihr tobsüchtiges Tollhaus zwängend, als würde der Raum sich ausdehnen! Wie sollte der verhurenbalgte Raum das tun, das sind doch einsteinsche Kifferphantasien! Bis sie eines Tages (der stete Tropfen malträtiert den Stein so lange, bis er bricht) ihren Dickschädel durchsetzte und den Großen Sack gebar, die Nachgeburt von einem Christusgaga, in dem sie aufgrund eines genetischen Ausrutschers ohne die geringste Beimengung und in absoluter Reinform sämtliche wütenden Gene Rendónscher Dummheit bündelte.

»Ich entdecke täglich Neues, Darío. Christusgaga ist wie Dolly, das Schaf: ein Klon.«

Ich stand auf, ließ ihn in seiner himmlischen Marihuanamatte im Garten und ging zurück in die Diele, um meinen Koffer in eines der Zimmer zu bringen und zu sehen, wo ich mich für die nächste Zeit einrichten konnte.

Et Madame la Mort? Est-ce qu'elle était partie? Jedes Jahr dreißigtausend Ermordete in diesem geisteskranken Land, dazu diejenigen, die von Infarkten, Tuberkulose, Malaria, Pablo Escobar, der Polizei, Bussen und Autos dahingerafft werden (mit Herzblut oder unblutig), da hat die Ärmste ihre liebe Not. Arbeit Arbeit Arbeit. Und diese Profilneurose à la Papst, die sie Tag und Nacht in den Hintern piekt und keine Ruhe gibt... Keine Beerdigung kann sie sausen lassen.

Aber von wegen, daß sie ihrer Wege gegangen wäre! Als ich meinen Koffer die Treppe hochtrug, lachte mich die Unglückselige aus.

»Dove sei, stronza?«

Wo sie war? Unsichtbar wie der Allmächtige war sie überall, wirbelte herum wie ein irres Elektron um den Atomkern.

»Hua, hua, hua!« höhnte ihr Lachen, schauriger gar als die Kantate »König Ödipus« meines verstorbenen Harmonielehrers Roberto Pineda, des Tauben.

»Du Mondkalb, was gibt's da zu lachen?« schalt ich sie. »Handlangerin Gottes!«

Kaum hatte ich dies ausgesprochen, verstummte sie. Seit die Welt Welt war, hatte niemand ihr eine vergleichbar bittere Wahrheit gesagt.

»Tja, gute Frau, einmal ist immer das erste Mal.«

In der nun folgenden Stille besah ich mir Papis Zimmer, die Bibliothek, den Balkon, inspizierte alles und fand alles unverändert, genau wie er es verlassen hatte. Abgesehen von der Ewigkeit und ihren ersten Staubschichten hatte in der Zwischenzeit keiner etwas angerührt. In der Bibliothek waren seine Bücher, auf seinem Schreibtisch auf dem Balkon seine Papiere, in seinem Schlafzimmerschrank seine Anzüge. Diese schlichten Anzüge aus vergangenen Zeiten Marke Everfit, die in Kolumbien die ehrbaren Leuten getragen hatten. Aber diesen idiotischen Menschenschlag gibt es hier schon ewig nicht mehr! Deshalb trägt heute im Langfingerland keiner mehr Everfit-Anzüge: nicht die Gauner im Kongreß und nicht die außerhalb. Die Fabrik hat bestimmt längst dichtgemacht.

Falls mein Gedächtnis mich nicht trügt (was sein kann), erzählte ich bereits, daß dieser Pfuscher Alfonso García, ein Verwandter von uns, nach hinten auf der Fläche des Gartens zwei Zimmer angebaut hatte, um den Raum auszudehnen – winzige Miniaturzimmer wie in Argemiros Puppenhäusern, jeweils mit einem Miniaturbad. Ich nahm eins davon, weil ich in Daríos Nähe sein wollte, der offensichtlich das andere belegt hatte, der Unmenge von Medikamenten nach zu urteilen, die sich auf dem Schreibtisch stapelten: Antiazida, Antibiotika, Antipyretika, Antiparasitika, Antiverdammichka, Antintiinflammatorika, Antimykotika.

»Müll! Müll! Müll!«

Und gesagt, getan, warf ich den halben Arzneimittelbestand des zwanzigsten Jahrhunderts in den Mülleimer. Auf dem Nachttisch, der Kommode, dem Boden, hier und da schamlose Marihuanakippen aufs Geratewohl verstreut und unübersehbar wie schlaffe, eben benutzte und weggeworfene, mit Milliarden toter, potentieller Hurenbälger gefüllte Kondome.

»Gut so. Marihuana weckt den Appetit und schläfert den Geist ein.«

Den mir in den folgenden Nächten nichts einzuschläfern vermochte: weder Schlaftabletten noch Lobpreisungen, noch Verwünschungen, noch Kopfstöße à la Rendón gegen die Wand. Meine Müdigkeit war einfach für immer dahin. Und in der Ödnis der Schlaflosigkeit das Höllenspektakel der Stechmücken, das der Hund López Nacht für Nacht mit seinem Staraufgebot veranstaltete. Also floh ich mit Darío vor diesen Schrecken in die Vergangenheit und gelangte so beispielsweise an seiner Hand, von Erinnerung zu Erinnerung, ins Admiral Jet in der Achtzigsten Straße, West Side New York, ein Gebäude der Verdammten, in dem wir einen Sommer lang gewohnt hatten, zwei Straßen vom Central Park und seiner schwulen Allzeitorgie unter den Bäumen entfernt. Was für ein Lenz, Eure Heiligkeit, so unglückselig und doch so wundervoll! Sieht aus, als sei jede verflossene Zeit besser gewesen.

Hier mein Phantombild des Monstrums: sieben Stockwerke mit dreißig Wohnungen aus Pappe in beständiger Gefahr, Feuer zu fangen und samt den Bewohnern in einem Funkenflug zum Himmel zu fahren, eine ebensolche Zahl schwarzer und puertoricanischer Defäkanten beiderlei Geschlechts, der Abschaum dieser zweibeinigen Spezies, den irgendeine demagogische Abteilung der Stadtverwaltung von seiner Heroinsucht befreien wollte durch dieses sogenannte »Pilotprojekt«, für das Darío, Einwanderer ohne Papiere, zum Mindestlohn als »super« oder Portier angestellt wurde, dazu als Bodenwischer, Müllrausbringer, Kloverstopfungsbeseitiger und Friedensrichter. Ich, beschäftigungsloser Bruder des Opfers und wie dieses restlos abgebrannt, half ihm, die Aufgabe zu schultern. Und hier, Eure Heiligkeit, bin ich nun mit einem Putzfraueneimer und einer Klempnersonde bewaffnet dabei, die Klos der Schwarzen zu entpfropfen. Wissen Sie, wie die sind? Exakt wie die der Weißen, da gibt es kein Vertun. Bei den einfachen Fäkalfunktionen findet sich kein Unterschied zwischen Weißen und Schwarzen, Hunden und Ratten, Ungläubigen und Ihnen. Diesbezüglich hat Gott all uns Sterbliche gleich erschaffen.

Der Zelebrant versenkt die Sonde und dreht und dreht, bis sich mit etwas Glück (und sofern keine Föten in den Abfluß geworfen wurden) der Pfropf löst. Unverzüglich zieht er sodann an der Kette, und das Unsägliche fließt hinab in den Orkus der großen Urbs, um mit dem Gesang des Wassers das Licht des Evangeliums bis in die letzten Höhlungen des Untergrunds zu tragen. Ich glaube ehrlich, jeder Papst sollte um diese Dinge wissen, ehe er den Mund aufmacht. Ist doch wahr. Magister dixit urbi et orbi?

Eines Tages, als ich, in Abortpestilenz gehüllt, das Klo der schwarzen Evelyn bearbeitete, beginnt die Bude unter aberwitzigen und wutentbrannten Schlägen zu wackeln, als bebte die Erde.

»It's Dick«, bemerkte Evelyn schlicht, wie jemand, der feststellt, daß es heiß ist.

Und es war Dick, in der Tat, ein schweinischer und schmieriger Schwarzer evangelischen Glaubens, dessen Wollust weder vom Heroin noch von der Heiligen Schrift gemäßigt wurde und der die Vorrichtung, der wir unser Dasein verdanken, seit unser Vater Adam Australopithecus vor vier Millionen Jahren von den Bäumen in seinen Garten hinabstieg und sie in Betrieb nahm, von der anderen Seite durch den fragilen Pappkarton bohrte, der die Wand gab und uns von seinem Apartment oder Dreckloch trennte. Zunächst tauchte, die Bresche öffnend, der schwarze, glänzende Helm auf, mit einem geharnischten Stoß gefolgt von dem eisenharten, riesenhaften, ungeheuren, prachtvollen Bohrer von erlesener Dicke und mindesten fünfundzwanzig Zentimetern Länge (oder zehn Zoll, falls Sie, Heiliger Vater, die englischen Maße bevorzugen) bis zur struppigen Basis, wo er sich mit dem Körper verband.

»What?« rief ich.

»Yes«, antwortete die Verdammte, ein »ja« so offensichtlich wie dümmlich.

Wie ein angespannter, rechtwinklig vorgereckter Arm, der uns, sämtliche Venen und Arterien zum Bersten geschwollen, in den Boden stampfen wollte, ejakulierte die einzigartige Vorrichtung rammend und stoßend, zukkend und bebend unter heftigen Konvulsionen und überschwemmte uns den schmutzigen Fußboden des Badezimmers mit ihrem milchigen und schleimigen Saft.

Scheiße nocheins! Was Gott sich nur dabei denkt? Ein derart phantastischer Apparat an einem solchen Widerling... Unerforschlich in seinen Ratschlüssen, macht der Allmächtige zuweilen einen Murks wie jeder dahergelaufene Alfonso García.

»What sign are you, super?« wollte Evelyn wissen.

»Skorpion. And you?«

»Jungfrau.«

»Jungfrau? Ha, ha, ha, ha.«

Die Elende war zum Totlachen! Schwarze haben keine Seele, Eure Heiligkeit, nehmen Sie die nicht in die Herde auf. Von Natur aus faul, taugen sie bloß (und das nicht immer) für Sex. Von vorn bläht sie das Sauerstoff-Stickstoff-Gemisch, und ausatmen tun sie hinten.

Aber die herausragende Gestalt im Admiral Jet war nicht Dick, sondern Sam, noch so ein Hurenbalg:

ein megalomanischer und gallespeiender Müllschredder, der im Keller zelebrierte. Alles, was durch die Müllschächte der sieben Stockwerke hinabfiel – geleerte Heroinspritzen, Pornohefte, Monatsbinden, verschissene Unterhosen, stinkende Turnschuhe, Essensreste, Milchtüten, Pappkisten, Flaschen, Dosen, Büchsen, Lappen, Föten – alles zerkleinerte er unter Hurrikangebrüll und gab es uns in Beuteln verdichtet zurück. Was diese fucking Müllbeutel wogen! Hundert Kilo, zweihundert, eine halbe Tonne, eine, zwei. Und das bei höchstens vierzig Zentimetern... Damals verstand ich, was ein Schwarzes Loch ist: Materie, so lang komprimiert, bis die Dichte dämonische Ausmaße erreicht. Genau wie Sie, mein Lieber, beim Kauf einer Wohnung in vier Wände gesperrte Luft erhalten, ist ein Atom nichts weiter als der Hauch einiger Elektronen, die um einen winzigen Kern wirbeln, und dazwischen ist nichts, ein riesiges, gigantisches, monströses Nichts wie zwischen den Sternen, das Nichts Gottes. Mit vereinten Kräften wuchteten Darío und ich die Müllsäcke, so wir es schafften, von Stufe zu Stufe aus dem Keller auf die Straße, damit sie der Müllwagen einzeln mit dem Kran aufladen konnte. Die Organe verschoben, die Lenden lahm, das Kreuz gebeugt, die Bandscheiben hinüber, kehrten wir zurück in unsere Wohnung im Erdgeschoß, die »super«-Wohnung, um Marihuana zu rauchen und zu warten, welcher Junge aus dem Central Park bei uns reinschneien würde – ob weiß, schwarz, gelb oder kupfern.

»Super, super!« trommelte es da wie in den Preßwehen gegen die Tür.

Was war das? Was? Ein Junge? Eine Schönheit? Von wegen Junge! Von wegen Schönheit! Der schwarze Dick, Dick der Schwarze. Sein Klo sei wieder verstopft.

»Oh no, not again«, rief Darío verzweifelt, wütend.

Und mit einer Eisenstange, die er für solche Gelegenheiten parat hatte, einer Ad-hoc-Eisenstange, verpaßte er dem Rückfälligen in dessen Muttersprache einen Hieb über den Kopf.

Und welch heilige Kur gegen die Erektionen des Schwarzen! Nie wieder durchlöcherte er eine Wand, es stand ihm nie mehr das Hurenbalg!

Ich habe immer wieder und wieder gesagt, daß sich der Sex bei Schwarzen im Kopf verkapselt. Man muß ihn mit der Eisenstange austreiben. Etwa nicht? Wollen wir zulassen, daß diese Unmäßigen weiter ungestraft Gebäude schänden? Warum sollten wir! Kandidieren wir denn für die Demokraten? Nieder mit Christus! Hoch der Rassismus! Tod der nachsichtigen Demokratie!

»Darío, sieh dich vor, wenn du das nächste Mal zur Eisenstange greifst«, riet ich ihm. »Nicht daß du zu weit gehst und auf dem elektrischen Stuhl landest.«

»Woher! Im Staat New York gibt es keinen elektrischen Stuhl ... Der ist hier schon ewig abgeschafft!«

Diesbezüglich beruhigt, stieg ich sodann hinab in den Keller, um nach Sam zu sehen und meinen Schwestern, den Ratten, etwas zu essen zu bringen.

»Kinderchen, Mädels, hier bin ich schon!« rief ich, einen großen Teller Reis mit beiden Händen haltend. »Herbei! Herbei!«

Und aus den dunklen Winkeln des Raumes tauchten die Gerufenen auf. Sie verließen ihre Schlupflöcher des Elends, die ärmlichen Kanalrohre des Untergrunds, in denen zwar die menschliche Scheiße, nicht aber Gottes Barmherzigkeit ankommt. Warum sie das taten? Weil sie mich sehen, mich begrüßen, mich lieben wollten. Gewissenhaft, gerecht, Tumulte unterbindend, die Ordnung wahrend, verteilte ich auf Knien den Reis Korn für Korn in ihre Münder (und aufgepaßt, ich sagte »Münder«, nicht »Schnauzen«), aus denen sich Zungen streckten, die kleinen feuchten Zungen meiner Kommunikanten, die den Leib Gottes empfangen wollten. Und einmal nachts, als ich damit beschäftigt bin, möchte Maruquita, eine besonders zärtliche, doch tatsächlich auf meiner Höhe sein, springt auf den armierten Betonsockel, auf dem Sam schlief, und leckt mir über die Wange.

»Ach Maruquita, du bist ja verrückt! Hast du keine Angst, daß die Menschen dich anstecken?«

Ich schickte die Gleichbehandlung zum Teufel und gab ihr das doppelte. Fordern Sie keine Unparteilichkeit von der Liebe, Liebe macht blind.

»Ich gehe, Mädels, bis später. Um zehn besucht uns eine Schönheit aus dem Central Park. Und laßt die Bumserei, ihr habt jetzt schon keinen Platz, und der Reis ist alle!«

Ich redete kolumbianisch mit ihnen.

Als ich mich zum Gehen wandte, fiel etwas von oben auf Sam und setzte den Wahnsinnigen in Gang. Den Wahnsinnigen, Einsilbigen, Aufbrausenden, Galligen, Manischen, Einthematischen. Und wie ein gereizter Hund zu bellen beginnt, begann der zu zerkleinern. Noch mehr Säcke, Grundgütiger, ein Albtraum!

Als Toter gleite ich von der Decke hinab über dieses Zimmer und mein Leben, entscheide souverän und lasse nach Lust und Laune das Admiral Jet hinter mir, um in stockfinstrer Nacht mit Darío nach Kolumbien zurückzukehren, ins Schlachthaus. Über eines dieser gespenstischen Sträßchen im Land des Thanatos, auf denen des Nachts kein Lebender weilt, weil er umgebracht und von seinem Leiden befreit wird, fahren wir in unserem mit

Knaben beladenen Studebaker von Kurve zu Kurve hinauf zum Alto de Minas, irgendeinem Paß in den Anden, verloren in der Weite meiner Erinnerung. Die Scheinwerfer stochern im Nebel und treiben dem Gespenst zwei Löcher aus Licht in den Bauch, aber durch die Seitenfenster sieht man nichts: Wir wissen, zu beiden Seiten der Straße erwartet uns der Abgrund. Und das tut der arme Schlucker ein halbes Jahrhundert später noch immer, wartet und wartet, denn wieviel Schnaps Darío auch trank, nie rutschte ihm die Hand aus. Er fuhr mit festem Griff und sicherer Eingebung, behütet vom Heiligen Geist. Kurve nach rechts, Kurve nach links, wieder nach rechts, wieder nach links, so schraubten wir uns von Kurve zu Kurve bergan. Einmal oben, uff, endlich, auf dem schroffen Alto de Minas, dem gekrönten Berg, legen wir eine Schnapspause ein und steigen aus. Die Flasche geht von Mund zu Mund, von Junge zu Junge, und während das gesegnete Getränk zur Neige geht, entflammen unsere Seelen.

»Raus aus den Kleidern, ihr Schönen! Oder meint ihr, wir sind wegen der Aussicht hier?«

Man sah nichts. Der Nebel war so dick, daß man ihn mit den Händen beiseite schieben konnte. Und die Kälte? Welche Kälte! Dafür hatten wir den Schnaps, der heizte uns den Motor von innen. Ob bei Tag oder Nacht, ob mit oder ohne Sicht, zum Schnapstrinken gibt es keinen besseren Ort auf der Welt als den Alto de Minas, von Medellín aus hinauf nach Santa Barbara und später hinunter nach La Pintada. Sie können mir glauben, ich war schon fast überall. Dort oben kommt es zur vollständigen Durchdringung von Ort und Schnaps und von Schnaps und Seele. Nicht umsonst hat dies gesegnete Destillat in Kolumbien zweihundert Jahre lang unangefochten und unerschöpflich geherrscht, ohne von jemandem ausgetrunken oder von etwas verdrängt zu werden. Von ihm nährt sich die konservative Partei, die liberale, die katholische Kirche, der Drogenhandel, das landläufige Gesindel, die Guerrilla, jede Illusion, jedes Streben, jeder Traum. Für den Schmu um Christus sind die Tage in diesem neuigkeitsversessenen Land gezählt – für den Schnaps nie und nimmer. Ohne Schnaps ist Kolumbien nicht Kolumbien. Bei dieser Verbindung handelt es sich um die hypostatische Union.

Was taten wir da, nackt, aber in Nebel gehüllt und gebannt am Paß dieser ausgestorbenen Straße, auf die sich des Nachts keine Menschenseele wagte? Na das, was wir alle alle Tage tun, leben eben, das Geschäft nach besten Kräften verrichten.

Wir steigen wieder in den Studebaker und fahren auf der anderen Seite des Berges hinunter. Und schlängeln und winden uns nun also mit unserem fahrenden Bett wie die Irren im Zickzack den Hang hinab.

In einer beliebigen Kurve, sagen wir der tausendeinundzwanzigsten, ist man in Kolumbien unversehens vom kalten Hochland ins heiße Tiefland gewechselt, wenn man hinunter fährt, oder eben umgekehrt, wenn man hinauf fährt. Deshalb, liebe Europäer, können die Bewohner besagter Kurve (ein junges Ehepaar mit fünfzehn Kinderlein, die sich in dem einen promisken Raum der Hütte drängen) vom Sommer in den Winter wechseln, indem sie einen Meter die Straße hinauf oder hinunter gehen, ist das zu fassen? Verrückt, diese Tropen. Und falls Ihnen im Lastwagen oder Auto ein paar Felsen wie von einem Steinschlag den Weg versperren, dann tschüß, denn das ist ein Hinterhalt der Banditen, und nun wechseln Sie nicht bloß von einem Klima ins nächste, sondern vom einen Ufer des Jordan ans andere. Zum Sterben sind wir geboren, und alles andere sind Märchen. Nicht vergessen, mein Lieber. Memento mori.

Da meine Erinnerung mit Vollgas und quietschenden Reifen in der Abfahrt begriffen ist, atme ich mit einem Mal in der x-ten Kurve den heißen Anhauch des Tieflands, und wie ein Blitz in stockfinsterer Nacht erstrahlt zwischen den Ausdünstungen von Schweinekoben und Viehställen ein Duft, der mich an Santa Anita erinnert, an Blüten, an blühende Orangenbäume.

In Santa Anita gab es einen Orangenhain und in dem Orangenhain einen Baum, der traumhafte Orangen trug, die »Nabeligen« genannt, wegen eines faltigen nabelähnlichen Knopfs in der Schale. Süß süß süß. Mein Großvater, der Witzbold, behauptete, man dürfe sie nur mit dem »Halbmond« schneiden (einer scharfen, an einem Stock befestigten Sichel, die er in seinem Zimmer aufbewahrte), und das nur am Abend. Nicht mit der Hand unter der sengenden Sonne von den Zweigen reißen, weil sonst der Baum vertrocknete. Zum Beweis, daß er unrecht hatte, daß der Baum nicht vertrocknete und wir uns im übrigen nichts von ihm sagen ließen, rissen wir sie mit nämlicher Hand unter nämlicher Sonne von den Zweigen. Hach Großvater, wie wir dich auf die Palme gebracht haben aus Liebe! Du schäumtest, brodeltest, kochtest über, dein Adrenalinspiegel stieg und der Bilirubinspiegel sank. Und mit dem Adrenalin ganz oben und dem Bilirubin ganz unten, mit hochrotem Gesicht, schweißnasser Stirn, verlorenem Kopf, funkelnden Augen und geiferndem Mund ging der Rendón mit dir durch. Bei einem dieser fürchterlichen Tobsuchtsanfälle traf dich der Schlag, und du warst linksseitig gelähmt.

»Großpapa, warum bist du so aufbrausend, von wem

hast du das? Dich wegen nichts und wieder nichts aufregen, das bekommt dir nicht. Was willst du mit den Orangen anfangen? Alle essen? Oder mit ins Grab nehmen! Wenn du wegen der nächsten Wut auf der anderen Seite gelähmt bist, kommst du nicht mehr allein aufs Klo. Geh in dich, denk nach, sei gescheit, laß den Wahnsinn.«

Sooft ich ihrer bedarf und bis Herr Satan mich am Jüngsten Tag zu sehen wünscht, werden mir die nabeligen Orangen von Santa Anita mit der dicken, leicht zu pellenden Schale und den prallen Schnitzen voller saftiger Waben die Erinnerung versüßen.

La Pintada liegt an zwei spitzen Bergkegeln, die sich wie Brüste in den Himmel recken und Gott versuchen. Zwischen ihnen geht der Mond auf, ein verrückter Mond, ein roter Mond, blutrot. Die Wolken schieben sich zur Seite, und der schwachsinnige Himmelskörper steigt auf und erhellt die Welt. Dann nehmen Machete und Fackel die Nacht in Besitz – schlagen Köpfe ab, stecken Viehwege in Brand, leben ihre Marotten aus. Kolumbien, die laxe Puffmutter, läßt sie gewähren. Sollen sie alles zugrunde richten mit Stumpf und Stiel, wie Großmutter sagte.

Der Cauca schiebt sein tückisches, schluchtfarbenes Wasser zuweilen reißend, heute nacht jedoch gemächlich, scheinheilig, durch La Pintada. Wir überqueren ihn auf einer Hängebrücke. Die Brücke schwankt unter uns unsicher wie ein Betrunkener. Fallen wir, so gibt es kein Entrinnen. Darin ist der Fluß wie der Hund López: unersättlich, gefräßig, habsüchtig, was er einmal hat, gibt er nicht mehr her. Und besagter Hund – ein gerissener Strolch, durchtriebener Gauner, hinterlistiger Tunichtgut, ausgefuchster Schwindler, wollüstiger Griesgram, wasserscheuer Wüterich, räuberischer Lump, Faß ohne

Boden, Wolf ohne Schafspelz, Präsident Mexikos, Musterbeispiel eines Taugenichts, Prototyp des Gauners, Paradigma der Schuftigkeit – führt mich zurück in mein Zimmer und zu den Stechmücken, die mir mit einer Frequenz von sechshundert Hertz in den Ohren liegen. Jedenfalls, wer in den Cauca fällt, entrinnt ihm nicht, dieser Fluß ist fies. Er hat so viele Strudel im Wasser wie schlechte Absichten in der Seele. Ich träumte also, daß uns die schwankende Brücke in den Fluß kippte. Wir versanken in aufgewühltem, trübem Wasser, und mein Bruder und ich versuchten verzweifelt, aus dem Auto zu kommen. Ich erwachte ertrinkend von der Sonne auf den Augen.

»Darío?« rief ich erschrocken, aber er antwortete nicht.

Ich lief in sein Zimmer, und da war er nicht. Ich fand ihn unten im Garten, wo er von der Morgensonne beschienen in einem alten Fotoalbum blätterte. Welke Bilder, verblaßte Bilder dessen, was wir bei Anbruch der Welt gewesen waren. Von Papi, von Silvio, von Mario, von Iván, von Elenita, Großvater, Großmutter… Nie mehr.

»Gehst du den Friedhof durch?«

»Guck mal.«

Und er zeigte mir ein Foto von zwei etwa vier und fünf Jahre alten Kindern:

»Wir.«

Er blond gelockt in einem Mantel, ich hinter ihm in einem Ringelhemd, umarme ihn.

»Das waren wir? Wasser in Massen ist seitdem den Berg hinuntergeflossen!«

»Im Cauca«, bemerkte er. »Heute nacht habe ich geträumt, daß wir im Studebaker über die alte Brücke von

La Pintada fahren und die uns mit ihrem Geschaukel ins Wasser wirft.«

Es verschlug mir die Sprache: Derselbe Traum. Und jetzt verrate ich Ihnen etwas, mein Lieber: Am Ende lief Daríos Seele mit meiner synchron, von Traum zu Traum, von Erinnerung zu Erinnerung. Aber das muß Sie nicht wundern, immerhin waren wir Brüder. Kamen vom selben Punkt, aus demselben Loch, aus einer dunklen Innerei voller Schlamm und Glibber.

Von Schwangerschaft zu Schwangerschaft, von Geburt zu Geburt, besessen von einer Reproduktionswut, die sie dazu trieb, Kinder über Kinder in den begrenzten Raum eines Hauses zu zwängen, in dem nicht der bekiffte Geist Einsteins herrschte, sondern das starre Axiom, dem zufolge ein Körper nicht den Platz einnehmen kann, den bereits ein anderer einnimmt, versuchte die Wahnsinnige die zwölf Apostel vollzumachen, was nicht gelang, weil sie auch Mädchen gebar, ließ, Jungen und Mädchen zusammengezählt, die zwölf hinter sich und nahm Kurs auf die zwanzig. Mit zwölf Kindern war mein Zuhause ein Tollhaus; mit zwanzig das Tollhaus eine Hölle. Kolumbien im Kleinformat. Am Ende konnten wir uns nicht mehr ausstehen, haßten einander geschwisterlich, bis uns das Leben zerstreute.

Nach etlichen Jahren traf ich Darío in Bogotá wieder, weit weg von ihr, und da konnten wir Brüder sein. Und als Beweis für meine Zuneigung schenkte ich ihm seinen ersten Knaben: zarte sechzehn Jahre alt, mit einer Tolle in der Stirn und smaragdfarbenen Augen. Um ihn wachzurufen, schließe ich meine, die braun sind, und sage zu ihm:

»Zieh dich aus, Kleiner!«

Er war so vollkommen und schön, daß ich an Gott glauben könnte. Er hieß Andrés.

»Weißt du noch, Darío? Dieser Andresito, mein Versöhnungsgeschenk für dich in Bogotá, mit dem ich dich mit meiner Schwäche für Knaben angesteckt habe?«

»Welcher davon?«

»Wie welcher davon? Der schönste von allen, tu doch nicht so!«

Aber er tat nicht so. Das Zytomegalievirus hatte ihm einfach die Kassette gelöscht.

Nach jeder Entbindung bettete sich die große Matrone für vierzig Tage zwischen weiße Laken und schickte uns herum. Bringt mir dieses, jenes, das noch. Nehmt den Milchkaffee mit, der ist kalt, und wärmt ihn in der Küche auf.

»Herrje, verdammt, nicht mal zum Kaffeewärmen taugt ihr! Der kocht ja. Was soll nur aus euch werden, wenn ich nicht mehr bin!«

Sie war weiterhin. Die vierzig Tage Wochenbett vergingen, und quicklebendig kehrte sie in die Welt zurück und durchwühlte, häufte an, häufte um, verwurschtelte, verstreute, leitete fehl, stellte kopf, räumte durcheinander, was wir gemeinsam in der Atempause des Samum aufgeräumt hatten. Zwecklos jeder Versuch von Ordnung angesichts solch eindeutiger Berufung zum Chaos.

Und kaum hatte sie eine Geburt hinter sich, meldete sie sich stante pede zur nächsten. Damals gewöhnte sie sich an, schwanger zur Messe zu gehen, legte die vier Straßen von unserem Haus in der Calle Perú, in dem ihre ersten zwanzig Sprößlinge geboren wurden, bis zur Fürbittkirche der Salesianer, in der wir getauft wurden, zu Fuß zurück und streckte ihren ungehörigen Bauch in den vier Straßen in alle vier Himmelsrichtungen. Wie ich mich geschämt habe! Eine schwangere Frau ist Blickfang der Öffentlichkeit, peinlich für die ganze Familie. Die

Leute sehen sie und denken: »Der haben sie ihn reingesteckt.« Und richtig. Wie sonst wäre es zu diesem giocondagesichtigen Ballon auf Stelzen gekommen? Daß Sie mir die Welt nicht verlassen, ohne zuvor einer den Hals umzudrehen.

Nur eines konnte an Schamlosigkeit mit ihrem bei Wind und Wetter, Wetter und Unwetter, immerfort aufgetrommelten, wahnsinnigen Bauch mithalten: Ihr Schandmaul, das verhurenbalgte, was ihr in die Quere kam, ob Ehemann, Kinder, Nachbarn, Polizisten, Priester:

»Du gibst mir jetzt sofort die Kommunion, auf der Stelle, oder ich gehe«, drohte die Mehrfachgebärende. »Ich habe fünfzehn Kinder und keinen Nerv für eine ganze Messe, oder denkst du vielleicht, ich hätte soviel Zeit wie du? Erst die Arbeit und dann die Andacht, du Hurenbalg von einem Pfaffen.«

Mit jedem neuen Kind wühlten die Schlangen, Frösche und Kröten in ihrem Innern. Angeblich könne man sie halten, wofür man wollte, eine Nutte sei sie jedenfalls nicht. Und darauf war sie mächtig stolz. Nutten gelten mir als Damen, mein Lieber, und genießen meine uneingeschränkte Hochachtung, solange sie keine Kinder gebären. Auf diesem Wege möchte ich ihnen allen meine besten Wünsche bestellen.

Die Profi-Gebärende, das fruchtbare Biest, die sanfte Mona Lisa mit dem Spatzenhirn und der Säugetierplazenta, setzte unbeschwert Kinder in die Welt, wie Petrus Regen und Donner schickt, wenn sich der Himmel auftut. Ich schwöre, ehe ich sterbe, muß ich für das Zoological Journal eine Monographie über dieses Exemplar der menschlichen Fauna schreiben. Oder, falls mir ein Licht aufgeht und ich klar sehe, mein Thomas von Aquin und Duns Scotus gewidmetes Traktat der Reinen Bosheit.

Die tiefe, von der Zeit ausgesiebte Wahrheit über meine Beziehung zu Darío ist in dem Foto der beiden Kinder und dem Traum vom Fluß zusammengefaßt. Als wir Kinder waren, nur er und ich und die anderen noch nicht geboren, verband uns Zuneigung. Dann trennte uns der Einfallsreichtum der Wahnsinnigen. Später brachten das Leben und seine Knaben uns wieder zusammen. Und zusammen blieben wir, bis die mit T Beginnende uns in ihr Altersheim aufnahm.

Ihn, vollgepumpt mit Morphium, in Medellín, in unserem Haus in Laureles. Mich einige Stunden später in meiner Wohnung in Mexiko, als ich es am Telefon erfuhr. Man fand mich bläulich angelaufen, durchscheinend, steif mit dem Hörer in der Hand, ein ausstaffierter heiliger Josef aus Holz. Weil ich nicht mehr auflegen konnte, kostete Carlos dieses Gespräch aus Medellín soviel, wie das Haus wert war. Das zumindest wird behauptet, ich weiß es nicht, und es kümmert mich nicht. Uns Tote kümmert es einen feuchten Furz, was Häuser wert sind.

Die vom Bestattungsinstitut kamen, legten den Hörer auf, hüllten mich in ein Laken und trugen mich höchst einfallsreich mit den Füßen voran auf der Bahre nach draußen. Den von der Procu (der käuflichen mexikanischen Verwaltung) mußte man schmieren, damit ich verbrannt werden durfte. Warum ich denn, wenn ich das wünschte, keine schriftliche Erklärung beim Notar hinterlegt hätte? Dafür gebe es die doch.

Man zerstreute die Bedenken des Verbrechers mit einigen Pesos. Und auf dem Friedhof Dolores, in der zweiten Sektion des Waldes von Chapultepec in dieser unsäglichen Stadt der Paläste wurde ich unter einem smogverhangenen Himmel verbrannt. Nackt fuhr ich auf einem automatischen Förderband in den Ofen. Und hatte das lodernde Maul des Monstrums, die Schwelle zur Ewigkeit, kaum passiert, da barst ich in einem Feuerwerk. In einer prächtigen Explosion grüner, roter, violetter und gelber Funken. Paff, paff, paff, was für ein Fest! Ein Hoch auf dies Hurenbalg! Ich fühlte mich wie eins der bengalischen Feuer, die wir zu Weihnachten in Antioquia abbrannten.

Nie hätte ich solch leuchtende Poesie in meinen Eingeweiden vermutet. Und ich hätte zwar lieber in denen der Geier geendet und mich mit ihnen in die Lüfte geschwungen, aber das war mir nicht vergönnt. Hier gibt es keine Geier. Hier gibt es nur PRI-Anhänger – leichenfleddernde Vögel, die sich die mexikanische Trikolore umhängen und von den Überresten Mexikos zehren.

Herr, vergib mir, was ich sagte und tat. Die Hoffnungen, die ich nährte, die Träume, die ich träumte, die Knaben, mit denen ich schlief, ganz zu schweigen von denen, mit denen ich nicht schlief, weil ich sie nicht kriegen konnte, denn die schwerste Sünde des Christenmenschen ist die unterlassene. Die folgenden Seiten dieser zusammenhangslosen Nacherzählung der Wahrheit widme ich Lucius Domitius Ahenobarbus, alias Nero, Gönner Senecas und des Petronius, wie ich ein Liebhaber der Grammatik und Rhetorik, Wegbereiter einer sehr weisen Reform der Steuern und seit zweitausend Jahren diffamiert vom verleumderischen Christentum.

Nachdem Gevatterin Tod uns eine Woche hatte durchatmen lassen, wirkte das Sulfaguanidin nicht mehr, und Darío bekam wieder Durchfall, diesmal für immer, unaufhaltsam, nicht zu stoppen. Sei es, daß die Ärzte es uns madig gemacht hatten oder etwas meinen Bruder von den Kühen unterschied.

Und dann verkündete er auch noch mit jäher Unumstößlichkeit, er wolle kein Marihuana mehr rauchen. Und wenn er nicht aß, weil er nicht rauchte, und starb, weil er nicht aß, dann würde er eben sterben, aber er wolle beim Sterben bei Sinnen sein und nicht benommen, einen klaren Kopf haben.

»Himmel, Darío, wozu das jetzt auf einmal? Glaubst du, du findest noch einen Fehler im Gravitationsgesetz? Den gibt's, na und? Wir stürzen doch sowieso ärschlings in den Abgrund, im freien Fall in die Hölle! Rauch. Rauch dieses Zigarettchen, das tut dir gut.«

Und unbeholfen wie ein Neubekehrter drehte ich ihm einen Vareto.

Damit war ich beschäftigt, als wir vom Mord an meiner Schwippschwägerin Marta hörten. Marta Garzón, die wohltätige, barmherzige, die sich in Envigado, diesem Kaff der Armen und Hurenbälger, für die Forderungen des Lumpenvolks eingesetzt hatte, war vom großzügigen Kolumbien, das bisweilen etwas Zeit braucht, sich über kurz oder lang jedoch immer von seiner Schokoladenseite zeigt, ausgezeichnet worden: mit einer Kugel. Verliehen von einem Killerkind.

»Wie? Wann? Wo?«

Um sieben in der Früh, als sie das Haus verließ, um ihre kleine Tochter in die Schule zu bringen, durch einen Schuß. Einen einzigen, hier, in die rechte Schläfe, ohne Recht auf Berufung.

Später kam Manuel mit seinen beiden Töchtern aus erster Ehe und einer weiteren Neuigkeit: Raquelita, die jüngere, sechs Jahre alt – grob und jähzornig und eigensinnig wie ein Rendón und keine Ruhe im Arsch, als steckte ihr ein Wetterhahn drin – habe soeben einen kleinen Hund umgebracht.

»Aber nein!« rief ich aufgebracht.

Doch. Sie hatte ihn fest umarmt und erdrückt. Mit Liebe erstickt!

»Feuerwehrmann oder Lesbe, der Nase nach zu urteilen«, prophezeite ich Manuel, »sofern dieses Kind nicht restlos überschnappt. Aber keine Bange, Bruderherz, als Feuerwehrmann kann sie Brände löschen; und wenn sie Lesbe wird, um so besser, Gebärwütige hat's hier mehr als genug. Fünfundzwanzig Millionen. Plus deine drei Frauen.«

Und ich tröstete mich über meinen Kummer hinweg, indem ich mir sagte, der Hund müsse nicht mehr leiden, habe sich von der Last des Daseins befreit.

»Ach ja! Und sagt bitte Aníbal und Nora nichts davon, die nehmen es sich zu Herzen. Sagt ihnen, dem Hündchen geht es gut, es ist hübsch und setzt Speck an. Man sollte den andern nicht unnötig wehtun.«

»Ich lüge nie, Onkel«, sagte Raquelita prompt. »Das Hündchen ist tot. Und weh getan hat's ihm auch. Aber jetzt isses im Himmel.«

Und weil dieses kleine Hurenbalg, die Mörderin, die Zynische, sah, daß ich einen Vareto drehte:

»Raucht ihr wieder Marihuana?« Mit einem Unterton, der Frage oder Ausruf, Erpressung oder Vorwurf, Neugier oder Spott sein konnte.

»Ja, Raquelita«, erklärte ihr Papa, der sie gezeugt hatte, liebevoll. »Onkel Darío braucht das, damit er etwas essen möchte.«

»Und warum will der Onkel nichts essen? Und warum ist er so häßlich und so dünn und hat diese ekeligen Flecken? Stirbt er?«

Zum Glück ging ein Wolkenbruch nieder, einer dieser unvermuteten Platzregen, die einen dort ohne Vorwarnung treffen wie ein Killer. Und die Beine in die Hand genommen und die Hängematte abgehängt und das Lakenzelt abgebaut! Ein Blitz schlug in den Umsetzer an der Ecke, und wir hatten zwei Tage keinen Strom und konnten nicht mal Kaffee kochen. Einerlei, in diesem Haus gab es sowieso nicht mal Kaffee ... Die Kakerlaken fielen entkräftet von den Wänden, als hätte man sie mit Flit besprüht, aber nein: Folge körperlicher Auszehrung. Die Ärmsten streckten alle sechse von sich, und ihre schlüpfrigen kleinen Seelen verließen dies Tal der Tränen.

Die Flecken, von denen das Engelchen gesprochen hatte, waren Kaposi-Sarkome, die sich erst auf Daríos Körper und nun auf seinem Gesicht ausbreiteten.

Im Nu klarte es wieder auf, und die Sonne machte sich ans Auflecken der Pfützen im Garten, schlürfte Dreckwasser. Zögerlich wie ein verschrecktes Huhn, das sich Schrittchen für Schrittchen in ein fremdes Haus vortastet, lösten sich die letzten Tropfen vom Mango- und vom Pflaumenbaum. Falle ich, falle ich nicht? Falle ich, falle ich nicht?

Während ich das Lakenzelt wieder aufhängte und meinen Bruder zurück in seine Hängematte legte, kamen mir Thales, Anaximander, Zenon, Heraklit und Demokrit in den Sinn, vergessene Freunde aus einer vergessenen Philosophischen Fakultät in meiner fernen Jugendzeit, und ich fragte mich, wie wirklich die Wirklichkeit war und ob Darío und ich lebten oder Spiegelungen auf einer Pfütze waren. Vom Pflaster des Gartens stieg dicker Dampf auf, Atem der Steine. Da griff die innere die äußere Spiegelung auf, und ich glaubte, etwas zu verstehen, was andere vor mir in Milet, Elea, Ephesos, Abdera zu verstehen geglaubt hatten – die nämlichen vor Jahrtausenden. Nichts ist wirklich, alles ist Delirium, Chimäre: der Wind, der weht, der Regen, der fällt, der Mensch, der denkt. An diesem Morgen in dem feuchten, unter der Sonne trocknenden Garten spürte ich in aller Deutlichkeit, als brennende Gewißheit, den Betrug. Während Darío starb, stieg hohl, betrügerisch, verlogen der Dampf auf, und beim Aufsteigen zur lügnerischen Sonne widerlegte er sich selbst wie jeder beliebige Gedanke.

Aber da, plumps! Fällt mir vom Baum eine reife Mango auf den Kopf, und mir geht ein Licht auf. Newton hat sich geirrt. Man darf die beiden Massen nicht multiplizieren, jede agiert für sich allein; und man darf sie nicht durch das Quadrat des Abstands teilen, sondern muß den einfachen Abstand nehmen. Oder nicht? Geht die Schwerkraft etwa hin und her wie ein Pingpongball? Also wirklich, diese Engländer!

Und ich machte mich daran, Newton zu widerlegen und die Mango zu essen. Mieser Zeitpunkt, denn Darío wollte davon.

»Nein«, rief ich erschrocken.

»Und wieso nicht?« wollte Glorita wissen, die eben vorbeikam. »Wieso soll der Ärmste keine Mango essen? Das hat noch keinem von Gottes Vögelchen geschadet.«

»Weil Gottes Vögelchen kein Aids haben. Außerdem kriegt keiner es mit, wenn eins von Gottes Vögelchen an mangobedingten Verdauungsstörungen stirbt. Oder hast du je im Colombiano die Todesanzeige für einen Vogel gelesen?«

Und hier also der Grund, warum das Sulfaguanidin, das bei Kühen Wunder wirkt, meinem Bruder nicht half: Weil Kühe, genau wie Gottes Vögelchen, kein Aids haben. Was den Konsorten des Stiers die Cryptosporidiosis bekämpft, ist das intakte Immunsystem; das Sulfaguanidin hilft ein klein wenig nach. Die beste Medizin ist die, die man einem Gesunden verschreibt; und der beste Arzt derjenige, der dem Gesunden weismacht, er sei krank. Um Daríos durch Cryptosporidien hervorgerufenen Durchfall zu stoppen, mußte man erst sein Immunsystem wiederherstellen, aber um sein Immunsystem wiederherzustellen, mußte man erst das Aids behandeln, aber um Aids zu behandeln, hatte man nichts, da half auch keine neuntägige Andacht zu Ehren der heiligen Rita von Cascia. An diesem Punkt der Krankheit und des Jahrhunderts gab es für meinen Bruder keine Rettung. Er war toter als das Jahrtausend.

Manuel ruft um zwölf in der Nacht zu Hause an, um seiner Frau Lala (seiner fünfzehnten, mit der er zwei Kinder hat) mitzuteilen, er sei tot. Und Lala ist so plemplem, daß sie ihm glaubt und weinend bei Gloria anruft:

»Ach, ach, ach«, jammert die untröstliche Witwe, »Manuel ist tot.«

Gloria ist umsichtig (wie ich) und denkt nach, anstatt in Tränen zu zerfließen, stellt eine Frage nach der andern und unter anderem die, woher Lala das weiß, wer es ihr gesagt hat.

»Er!« antwortet das Klageweib hysterisch. »Er hat angerufen von der Kreuzung Achtzigste, Calle Colombia!«

Und kreischt und trampelt am anderen Ende der Leitung.

»Ha!« sagt Glorita beruhigt. »Wenn er dich angerufen hat, lebt er, und wenn er lebt, läßt er sich gerade wieder vollaufen – mit irgendeiner Nutte.«

»Aber mit welcher nur?« fragt die Hysterische.

»Ha, keine Ahnung! Sagen wir mit Irma.«

»Und wo? Daß ich ihn suchen kann.«

»Na, an der Kreuzung Achtzigste, Calle Colombia.«

Und legt auf.

Meine Schwester Gloria ist phantastisch, ein Haudegen. Ihren ersten Ehemann, einen strammen Trinker, stummelbeinig und ungehobelt, nahm sie eines Nachts am Hemdkragen, trug ihn auf den Balkon und ließ ihn aus der Penthousewohnung des siebenstöckigen Apartmentgebäudes, das ihr gehört (und ihr in einem Land der Bedürftigen jeden Monat Unsummen beschert), wie einen vollgeschissenen Schlüpfer ins Leere fallen. Paff!, landete die Schnapsdrossel strampelnd auf dem Arsch. Er überlebte. Und ist hier irgendwo mit einer anderen Frau zugange, besoffen und hüftleidend, macht Kinder über Kinder und säuft Schnaps über Schnaps, was anderes tun die hier nicht. Angeblich ist das das Glück.

Nach der Mangoepisode nahm der Schrecken stetig zu. Infolge der Immunschwäche trat bei Darío Soor auf, seine Mundhöhle schwärte, und er konnte selbst das Serum nicht mehr schlucken, das ich ihm aus aufgelösten Antimykotika anrührte. Abgemagert, erschöpft, benommen, die Augen tief in den Höhlen, die Haut fleckig, lag er Stunde um Stunde im Garten, blätterte in dem alten Fotoalbum und redete, redete, redete, delirierte, warf Geschehnisse vergangener, glücklicherer Zeiten durcheinander. Dann verstummte er plötzlich, sein Blick wurde abwesend, verlor sich in der Leere, und er war für Minuten oder Stunden nicht mehr ansprechbar.

Aber kamen die schwärenden Beläge tatsächlich vom Soor? War es nicht vielleicht eher Leukoplakie? Oder das Kaposi-Sarkom, das er, den Flecken am Körper und im Gesicht nach zu urteilen, zweifellos hatte? Und hätte ich meine Hand dafür ins Feuer gelegt, daß sein Durchfall von Cryptosporidien verursacht war? Die Ursache konnte ebensogut ein Bakterium sein ... Oder ein Pilz ... Und was bewirkte diese Phasen plötzlicher Demenz? Eine Enzephalitis, zweifellos, aber verursacht wodurch?

Durch ein Protozoon wie das Toxoplasma? Oder durch ein Virus wie das Zytomegalievirus? Das Zytomegalievirus allein konnte bei ihm die Enzephalitis, die schwärenden Beläge und den Durchfall verursachen. Aber ebensogut konnten drei verschiedene Erreger für die drei Leiden verantwortlich sein. Um mit Gewißheit sagen zu können, was bei meinem Bruder was hervorrief, hätte man ihn zunächst zu einem Protozoennachweis schicken müssen; und danach zu einer Absaugung von Duodenalflüssigkeit, zu einer endoskopischen Biopsie, einer Lumbalpunktion zur Entnahme von Zerebrospinalflüssigkeit... und das noch und das und das und zahlen und zahlen und zahlen Sie das diesen Hurensöhnen. Und wozu am Ende? Falls man Cryptosporidien bei ihm fand, was sollte ich ihm geben? Sulfaguanidin war mein As im Ärmel gewesen, und das hatte ich schon gespielt!

Außerdem sind sie ausgefuchst, diese Scharlatane in den Laboratorien. Um nachher mit ihrem Befund nicht aufs Glatteis zu gehen, sondieren sie vorab das Terrain, stellen wie beiläufig ein paar Fragen.

»Durchfall? Nächtliches Fieber? Schweißausbrüche?«

»Alles, Herr Doktor, er hat alles«, antworte ich für meinen Bruder, wahnsinnig vor Zorn. »Schwitzen, Kräfteschwund, Delirium, Durchfall, Fieber... Schreiben Sie auf, was Sie wollen, es ist immer untertrieben.«

»Gehört er zu einer Risikogruppe?« fragt der Gelehrte da und wirft uns verstohlene Blicke zu.

»Zur gefährdetsten, er schläft mit Messerstechern.«

»Aha...«

Und schon weiß unser Sherlock Holmes, was mein Bruder hat. Und nachdem er uns eine Woche hat warten lassen – »so lange braucht die Kultur« – schreibt er uns, ohne eine Kultur angelegt oder in seinem lausigen Leben ein einziges Cryptosporidium gesehen zu haben, in den Befund: »Cryptosporidium parvum«. Und wer wollte dem widersprechen, da es doch sein kann?

»Zeigen Sie mir die Kultur«, forderte ich einmal einen auf.

Was mir einfiele, etwas derart Gefährliches würde er in seinem Labor doch nicht aufbewahren ... Soweit komme es noch. Verbrannt habe er die!

Angsterfüllt, verzweifelt, ohne zu wissen, was tun, versuchte ich meine Gedanken zu ordnen und ruhig zu bleiben und ging, während Darío sich in der Leere verlor, die Liste seiner möglichen Leiden durch: Histoplasmose, Toxoplasmose, Cryptosporidiose, Kryptokokkose, Coccidioidomykose, Blastomykose, Aspergillose, Enzephalitis, Soor, Isosporidiasis, Leukoplakie ... Das eine oder andere oder etliches oder alles, außerdem diverse Bakterien und Viren und das Kaposi-Sarkom. Mit Sicherheit wußte ich nur, daß in den Fundamenten des beeindruckenden klinischmedizinischpathogenen Gebäudes, zu dem mein Bruder geworden war, das Aidsvirus saß. Was darauf hinauslief, alle Wunder des Universums mit Gott zu erklären. Und Gott zum Teufel und in die Wüste schickend – gab ich dem Sterbenden eben Antiparasitika und Antimykotika nach Gefühl! Was wiederum darauf hinauslief, in stockfinstrer Nacht mit der Flinte auf einen Vogel zu schießen.

Jetzt lausche ich vor einer kahlen Wand auf die Stille und sehe die Rauchkringel eines Räucherstäbchens zur Decke steigen, die ich seit Monaten wie besessen abbrenne, wenn ich Darío heraufbeschwören will. Stunde um Stunde sehe ich ihrem Verglimmen zu, folge ihren Rauchwirbeln auf der Suche nach der Erinnerung an ihn. Anfangs kannte ich den Grund für diesen Tick nicht.

Eine Rauchassoziation brachte mich irgendwann darauf. Die Räucherstäbchen erinnerten mich an die Späne eines aromatischen Holzes, das er vom Amazonas mitbrachte und in seiner Wohnung abbrannte und das wie hieß?

»Wie hieß das noch, Bruderherz?«

»Palosanto.«

»Ja, genau, Palosanto. War mir entfallen.«

Verstreute Marihuanakippen auf dem Boden, verstaubte Bücherkisten in den Ecken, eine zerfranste Hängematte aus Segeltuch, leere Schnapsflaschen, altersschwache Stühle, kaputte Lampen ... Und zwischen den Marihuanakippen und den verstaubten Kisten und den leeren Flaschen und den altersschwachen Stühlen und der zerfransten Hängematte und den kaputten Lampen entsteht über die Spanne der Zeit hinweg aus dem Rauch das Bild meines Bruders in seiner Wohnung in Bogotá, in seiner Schwachsinnswohnung, wo seine Palosantospäne verglimmen.

»Und wieso steckst du die an?«

»Damit es hier gut riecht.«

Von wegen »gut riechen«, keine Spur! Ihn in seiner Einsamkeit begleiten, das sollten die Späne und sich still verzehren wie sein Leben. Etwas so Subtiles wie ein dünner Rauchfaden hob die Zeit auf und brachte uns wieder zusammen. Im Dunkel glimmt die rote Spitze eines Räucherstäbchens, und wie durch Aladins Zauber erwacht mein Bruder zum Leben.

Die Krankenschwester hatte seinen Arm bereits mit Alkohol desinfiziert, hatte die Spritze mit Amphotericin aufgezogen und wollte es ihm eben injizieren, als ich sie warnte:

»Geben Sie mit der Nadel acht, Fräulein, mein Bruder hat Aids.«

Sie wurde bleich bleich bleich wie die »pallida mors« von Horaz.

»Danke für den Hinweis«, sagte sie.

»Keine Ursache.«

Ich weiß nicht, warum die Leute sich ihrer Krankheiten, nie aber ihrer Mütter schämen. Die Menschheit ist sonderbar. Angeblich gibt es Mutter nur eine, dabei gibt es über drei Milliarden! Ist eine wie die andere und damit hat sich's! Von oben wie von unten, von vorne wie von hinten ist das ein und dieselbe Scheiße.

Für den Fall, daß er Cryptosporidiose hatte, gab ich ihm Fluconazol; für den Fall, daß er Histoplasmose hatte, gab ich ihm Itraconazol; für den Fall, daß er Lungenentzündung hatte, gab ich ihm Trimethoprim-Sulfamethoxazol. Und für den Fall, daß er weder Cryptosporidiose noch Histoplasmose, noch Lungenentzündung hatte, egal, verdammt, was einen nicht umbringt, macht einen härter. Wenn Darío sowieso von den Ärzten oder dem verhurenbalgten Aids getötet wurde, konnte auch ich ihn töten! Ich war sowieso der einzige, dem es was ausmachte.

Und ich verweise auf die Tatsachen. Eine Woche bevor ich aus Mexiko gekommen war, um mich um ihn zu kümmern, waren alle zum Urlaub ans Meer gefahren und hatten ihn der Wahnsinnigen überlassen. Wenn er starb, sollte er doch sterben, Scheißdreck genug hatten sie wegen dem erlebt. Wegen einem, der an Aids starb, auf den Urlaub am Meer verzichten! Ich bitt Sie! Solidarisch, das sind wir, aber doch nicht bescheuert! Von dieser erhabenen Tribüne herab versichere ich ganz Kolumbien, daß meine Familie immer zusammengehalten hat. Vorbildlich.

Mühsam stand er aus der Hängematte auf und

schwankte Schritt für Schritt auf die Treppe zu, die er langsam, die Stufen ertastend, hinaufstieg.

»Komm, ich helf dir«, sagte ich und nahm seinen Arm.

»Laß«, sagte er. »Mir geht's gut.«

Saugut, dachte ich. Die Scheiße gepachtet.

Dann durchquerte der Ärmste mein Zimmer und betrat seins und das Bad, wo er sich auszog und nackt auf die Waage stellte.

»Wieviel?« fragte er mich, denn seine Netzhaut war durch die Toxoplasmose entzündet, und er sah nicht mehr gut.

»Fünfzig Kilo...«

Später waren es neunundvierzig, achtundvierzig, siebenundvierzig... Und ich notierte es ihm mit einem Kugelschreiber an der Wand.

Indem ich die Reste meines Bruders mit den kalten Ergebnissen der Waage verglich, kam ich zu einem hochinteressanten physikalischen Schluß: Gevatterin Tod wiegt mit jedem Tag weniger und weniger und weniger. Und genau wie sich feste oder flüssige Stoffe ab einer bestimmten Temperatur in flüssige oder gasförmige verwandeln, wenn man sie nur den Bruchteil eines Grades weiter erhitzt, verwandelt sich, da es für alles einen Schwellenwert gibt, das arme Leben, was unsere optimistische Bezeichnung für den Tod ist, in einer Zehnmillionstel Sekunde in nichts. Leben, mein Bester, heißt nach und nach sterben, mit oder ohne Schnaps.

Als nutzlos erwies sich das Amphotericin. Und als nutzlos Fluconazol, Itraconazol, Trimethoprim-Sulfamethoxazol. Nichts half meinem Bruder. Und mit nichts meine ich ebenfalls einen jungen Priester, der wie ein Taubenschiß aus heiterem Himmel eines Morgens bei uns hereinschneite, um meinem Bruder Trost zu spenden. Und das sage ich aus folgendem Grund. Mein Schwager Luis Alfonso wußte von den Epidemiologen der Stadtverwaltung, und ich wiederum von ihm, daß in unzähligen Häusern wie dem unseren unzählige Kranke wie mein Bruder an derselben Krankheit starben, an dem schändlichen Übel, das niemand zu erwähnen wagte. Und daß sich in einem dieser Häuser im Boston-Viertel (meinem Viertel, ach, wo ich unter einem unschlüssigen Himmel geboren wurde) ein junger, infizierter Priester aus einer Risikogruppe zum Sterben eingeschlossen hatte, sich reuig und voller Scham vor dem Nächsten verbarg, als die Krankheit bei ihm ausbrach. Eine Lungenentzündung raffte ihn hin, als er den Kot der Tauben einatmete, die auf den Mauern des Innenhofs turtelten.

»Pater«, sagte ich daher zu dem, der Darío Trost spenden wollte, als ich ihm die Geschichte erzählt hatte, »könnte Ihr Kollege nicht unter anderem die Scheiße des Heiligen Geistes eingeatmet haben?«

Kaum war das tröstliche Priesterlein weg (ganz Sanftmut, Milde, jesuitische Geschmeidigkeit), da hatte ich eine heftige Auseinandersetzung mit meinem Bruder, weil ich es als Beleidigung seiner Intelligenz ansah, daß er sich bei gegebenem Spielstand von einem solchen Schwindler mit Arschgesicht oder Paul-VI.-Visage heimsuchen ließ.

»Zum Teufel mit diesen unheilverheißenden Tartüffs.«

Daß sich bloß keiner mehr hier blicken ließe.

Da mußte ich hören, daß die Wahnsinnige ein Jahr zuvor, als Papi starb, eine Unaufmerksamkeit meinerseits genutzt und nach einem dieser soutanentragenden Geier geschickt hatte, damit er ihm die letzte Ölung spendete.

»Und wofür zum Teufel hat der die letzte Ölung gebraucht? Wenn der Gepeinigte mit seinen fünfzig Jahren

Ehe oder Hölle nicht abgegolten hat, was er an Fegefeuer womöglich schuldig war, dann war ihm sowieso nicht zu helfen.«

Und der furchterregende Pfaffentöter in mir, ein zorniger Nachfahr der radikalliberalen Kolumbianer des 19. Jahrhunderts wie Vargas Vila und Diógenes Arrieta, Kind der Französischen Revolution, des Marquis de Sade, Renáns, Voltaires, dieser Sektierer, Ketzer, Gottlose, Atheist, Abtrünnige, Lästerer, Jakobiner bekam einen solchen Anfall heiligen Zorns, daß er um ein Haar daran gestorben wäre. Er überlebte, denn geschrieben stand im Buch des Schicksals, daß er dieses würde schreiben müssen. Und da bin ich nun auf der Suche nach der magischen Wortfolge für den finalen Kurzschluß, das Ende der Welt. Punkt, neuer Absatz, Fräulein. Und schreiben Sie ja nichts kursiv, das kann ich nicht ausstehen. Und apropos: Die »Risikogruppe« des Priesters aus dem Boston-Viertel, wie haben Sie die geschrieben? Mit oder ohne Anführungszeichen?

»Mit.«

»Dumme Gans! Weg damit! Man ist Teil der Risikogruppe oder gar nichts, und Schluß.«

Und schlagartig war ich zurück in meinem Zimmer in diesem fernen Haus oder Tollhaus in Laureles und sah einmal mehr Madame Tod, meine Gevatterin, die mich von der regenwasserfleckigen Zimmerdecke herab neugierig lüstern betrachtete.

»I love you«, sagte sie.

»Wirklich, Schätzchen?«

Sie nickte und sagte nichts mehr. Und doch klingt mir ihre gruftige und hohle, gelassene, verschleierte Stimme, den seither vergangenen Jahren zum Trotz, weiter in den Ohren mit ihren Tönen zart wie Samt und rauh wie ein

Reibeisen. Eine unsägliche Stimme, die mich an, an wen erinnert? An, an, Alzheimer, an wen? An Hitler? Nein. An Churchill? Nein. An diesen plattärschigen Papst? Nein. An Xochitl! Königin Xochitl, Königin der Königinnen, der bewundernswerteste Transvestit, dem ich je begegnet bin: Gustavo Sowieso laut Geburtsurkunde und bei Tageslicht, Lude vom Dienst im Dienste der höchsten PRI-Funktionäre, denen er die besten Nutten zuführte; voluminös, fleischig, schmierig, denken Sie sich einen frittierfettigen Tacoverkäufer, ziemlich gemein und fies, aber Geschäft ist eben Geschäft. Und dann des Nachts – welche Verwandlung! In seinen Nächten wurde Gustavo zur Königin Xochitl, wurde zur Königin der Königinnen, eine Fleischmasse von der Größe der Freiheitsstatue und wie diese im langen Gewand (bald hoffnungsvoll grün, bald weiß wie eine Braut, bald trauernd schwarz) und umgeben von einem Hofstaat Transen, die aus allen vier Himmelsrichtungen des weiten Mexikos herbeikamen – aus Bajío, dem Anáhuac-Tal, aus Yucatan, der Lagunera –, um ihr die Reverenz zu erweisen. Xochitl war die Schönste, denn sie war die Schrecklichste. Keine wie sie. Sie starb an einem Schlaganfall, überfressen an Macht und Sex. Ein Fingerschnippen von ihr, und fünf prächtige Burschen, wie ich sie zu gern für mich hätte, eilten, ihr zu dienen. Und auch wenn die Parze, um sich nicht zu blamieren, nur selten und kurz angebunden mit mir sprach, sie hatte, wie gesagt, dieselbe Stimme wie die Entschlafene.

Aber gestatten Sie, daß ich einige Seiten zurückgehe, damit wir vorankommen: Zurück zum nebligen Alto de Minas, der mich in seine Decke hüllt. So gehe ich vor, baue auf dem bereits Geschriebenen, dem Gelebten auf. Der Mensch ist nichts als ein lausiger Haufen Erinnerungen, die seine Schritte leiten. Und verzeihen Sie, daß ich Sie hier unlauter ins Spiel gebracht habe, denn wo ich überheblich »der Mensch« sagte, hätte ich bescheiden »ich« sagen sollen. Meine Zukunft ist meiner Vergangenheit ausgeliefert, die sie bestimmt, und dem Zufall, der blind ist. Und wie Bach sagte, ist es sehr einfach, das Cembalo zu spielen: Man muß nur die richtige Taste im richtigen Moment mit dem richtigen Anschlag spielen.

Versunken in einem Meer aus Nebel, der Berg gekrönt, bohren sich die Scheinwerfer des Studebakers in die Nacht und verscheuchen die Gespenster. Unten, im Dunkel, erstreckt sich das riesige Kolumbien, und auch ohne es zu sehen, spüren wir sein Herz – warm, anheimelnd, sicher – schlagen. Sicher noch im Tod, den es uns eines Tages bringen wird, meine Prognose.

Am höchsten Punkt des menschenleeren Sträßchens haben wir angehalten, sind aus dem Studebaker gestiegen, und die Schnapsflasche geht von Junge zu Junge, von Mund zu Mund. Wenn sie leer ist, schleudert Darío sie gegen einen Felsen, und sie geht splitternd zu Bruch, wie alle scheinheilige Moral für uns längst zu Bruch gegangen ist.

»Frauen sind Legehennen, Bruderherz. Die Knaben sind, ob hübsch oder nicht (wenn's sein muß, tut's jeder), das Schönste an der Spazierfahrt. Schöner als Mozart, schöner als Gluck. Augen auf, schließ sie nicht, mit geschlossenen Augen siehst du nicht.«

Meine These: Daß Päpste und Präsidenten und Gauner ihres Schlags, von der Konklave gewählte und sonstige, die Menschheit wie einen Maulesel mit Scheuklappen zum Abgrund zerren.

»Vorwärts, blöder Muli, blinder Muli! Bloß noch ein Schrittchen, und du fällst.«

Eigentlich fällt er seit langem, aber er hört einfach nicht auf damit. Wir sind wie ein sturer Sterbender, der sich weigert, den Löffel abzugeben.

Und jedenfalls ist mir Darío im Kreis dieser Knaben, deren Gesichter bereits vergessen und von der Zeit gelöscht sind, dort auf dem Gipfel dieses Berges in dieser stockfinstren Nacht näher denn je. Was die Wahnsinnige auseinandergetrieben hatte, hatte das Leben wieder geeint. Für immer lag unsere Kindheit mit ihren Querelen und ihrem Zwist hinter uns. Weit, unermeßlich, riesig eröffnete sich uns eine Aussicht auf das prächtigste Elend.

Hin und wieder besuchen mich die Ratten aus dem Admiral Jet, wo mein Bruder der »super« war. Und es sind keine anderen, nicht die Töchter der Töchter der Töchter derer, die ich dort im Keller kannte; es sind dieselben, durch meine Erinnerung vor Gevatterin Tod und dem Vergessen bewahrt.

»Mädels, hier bin ich, in einem anderen Land und einer anderen Zeit und hebe die Zeit auf. Abgewrackter als gewohnt und alt geworden, aber ich liebe euch wie eh und je. Ich habe nie eine Liebe verraten.«

Auf dem kalten Estrich liegend, lasse ich die Dunkelheit in mich ein. Und sogleich strömen aus den armseligen unterirdischen Stollen meine Schwestern, die Ratten, in den stockfinsteren Keller, ins Herz der Erde, um an mir zu schnuppern und mit ihren feuchten, kleinen Zungen an mir zu lecken, und im Hauch ihres gleichmäßigen Atems spüre ich, daß ihnen eine Seele gegeben ist. Wir lieben uns, ob es diesem Papst gefällt oder nicht. Diesem polnischen Transvestiten und seinen Schergen vom Opus Dei und der Gesellschaft Jesu, die Unser Herr Satan ohne Zaudern in seinen brodelnden Kessel stecken wird. Etwa nicht? Dieser bekloppte Teufel wird doch eine internationale Mafiabande wie diese nicht ungeschoren und singend in den Himmel ziehen lassen? Wenn es Gott gibt, muß es auch einen Teufel geben, der die dreckigen Rechnungen der Welt eintreibt und sich nebenbei die der vatikanischen Banken ansieht, ob die so katholisch sind, wie sie tun. Gott gibt es schon, bloß steckt er mit der kompletten kriminellen Führungsetage des Planeten unter einer Decke. Kolumbianischer Präsident könnte der Alte sein, ein krimineller Strippenzieher ohne Scham, ein Lump. Oder eine Art Luxemburg, Liechtenstein, Kaimaninsel, Schweiz – ein Steuerparadies mit Dollarwaschanlage. Solange es Ihn gibt, wird es hier unten in diesem unseligen Tal der Tränen Ökumene oder Globalisierung geben, Korruption, Straflosigkeit, Bestechung. Einzig der Teufel kann den vier apokalyptischen Reitern den Garaus machen.

Es schneit, und die weißen Flocken legen sich weich und still auf die düstere Straße der West Side, in der Darío und ich lebten. Die Bewohner des Admiral Jet, Schwarze und Puertoricaner, die von der Social Security verkuppelt und von der Demokratischen Partei aufgegeilt werden, stehen abends rauchend und biertrinkend unter dem Vordach (später spritzen sie sich drinnen in ihren heruntergekommenen Drecklöchern Heroin). Als ich aus dem Keller auf den Gehsteig trete, treibt der Schnee sie hinein.

»Hi, super«, grüßen mich die Schwarzen und verpassen mir den Job meines Bruders.

»Wie viele Klos habt ihr heute verstopft, ihr Söhne der Großen Hure?« sage ich auf spanisch mit meinem breitesten Lächeln, und sie glauben, ich sagte ihnen, sie seien eine Augenweide.

Aus den schwarzen Tiefen ihrer schwarzen Seelen lächeln sie zurück und versperren mir den Eingang mit menschlichem Müll. Sehnlichst wünsche ich mir an jenem Abend, die schäbige Pappkiste möge mitsamt diesem Schund darin Feuer fangen, sobald das Schneetreiben nachläßt und die Flammen nicht mehr löschen kann. Brennen sollen sie, das Gebäude und seine Wändeficker. Ich hasse, also bin ich? Nein. Mein Haß wird durch Liebe getilgt. Ich liebe Tiere: Hunde, Pferde, Kühe, Ratten; und der eisige Glanz der Schlangen wärmt mir die Seele, wenn ich sie berühre. Die allerdings, die sich selbst »vernunftbegabt« nennen – ob weiß, schwarz, grün oder gelb – ach ..., das steht auf einem andern Blatt, lassen wir das.

Darío hat meine Tierliebe nie verstanden. Keine Zeit. Seine mannigfaltigen Leidenschaften verhinderten es: Knaben, Schnaps, Basuco, Marihuana ... Eine davon reicht fürs Leben, das können Sie mir glauben, denn ich habe von allen gekostet und von allen gelassen für die besagte Liebe. Und um diese quälende Angelegenheit, die mir hirnvernebelte Demagogen als »Rassismus« auslegen werden, abzuschließen, möchte ich klarstellen, daß ich die heroinsüchtigen Schwarzen New Yorks nicht hasse, weil sie schwarz sind oder heroinsüchtig oder aus New York, sondern weil sie Menschen sind. Solche Geschöpfe besitzen kein Existenzrecht. Oder jedenfalls nicht, damit die Social Security sie durchfüttert, während wir Kolumbianer, weil Kolumbien uns in seiner Güte vertrieben hat, in besagter Scheißstadt die Klos putzen müssen. Punkt, neuer Absatz, Fräulein, und wehe, Sie streichen auch nur ein Wort aus dem letzten, Christus ist immerhin für die Wahrheit gestorben.

Ich weiß nicht, wieso die Wahnsinnige ob der Unverträglichkeit unserer Charaktere keinen anaphylaktischen Schock erlitt, als ich aus dem schleimigen Dunkel des blinden Uterus, in dem alles menschliche Unglück heranreift, ins Freie drängte. Endlich war ich draußen, an der Sonne, an der Luft, auf der Welt, in unserem Haus in der Calle Perú, dem zukünftigen Tollhaus, das mich wie einen König empfing. König ohne Königreich. Ich war der erste der soundsovielzwanzig Sprößlinge der Dickschädeligen, wir alle unschuldige Opfer einer Reproduktionsenthemmung ohne Sinn und Verstand, ohne Verstand und Ziel, die uns streng der Reihe nach in dasselbe sumpfige, schlammige, schlickige schwarze Loch zwang, in diese hohle phiolenförmige Innerei, den modernden Morast. Darío war der zweite, mein erster Bruder. Ein Foto von uns ist geblieben, ein Kinderbild, das Onkel Argemiro gemacht hat. Er mit blonden Locken und im Mantel; ich mit glatten Ponyfransen und im Ringelhemd, ihn umarmend. Damals wollte Argemiro Photograph sein. Später wurde er Fabrikant von Puppenhäusern und, da begriffsstutzig wie alle von seiner Sorte, haltloser Erzeuger. Seine Frau gebar die Kinder paarweise, zu dritt, zu viert, zu fünft... Jahrelang spielte er bei der Lotterie mit und gewann, wenngleich nur bei der Kinderziehung.

Die Jahre sind über dieses Foto geregnet, und nun stirbt mein Bruder. Mein Bruder nicht durch die aberwitzigen Gene einer Wahnsinnigen, sondern durch den Schmerz des Lebens. Das Beste für ihn, wenn er starb. Das Beste für mich, wenn er weiterlebte. Leben war mir unvorstellbar ohne ihn.

Als das Sulfaguanidin nicht mehr wirkte und der Durchfall wieder einsetzte, besorgte ich mit meiner Schwägerin Nora in einer Apotheke für Veterinäre Amprolio, ein Medikament gegen Geflügelcholera, das ich ihm in einem Glas Wasser gelöst löffelweise gab.

»Das Wasser abgekocht?«

»Aber ja, Herr Doktor, allerdings nicht geweiht. Das aus den Weihwasserbecken blubbert gesegnet mit sämtlichen je dagewesenen und kommenden Keimen. Da sei Gott vor. Gegen Mikroben hilft der beste Bischofssegen nichts.«

Diese eine Dosis Amprolio konnte ich ihm geben – als würde man Benzin in einen Brandherd schütten. Der Durchfall wurde verheerend und seine Erschöpfung so groß, daß er nicht mehr aus dem Bett aufstehen und aufs Klo gehen konnte. Nichts zu machen. Darío starb mir weg.

Und zu meiner Ohnmacht gegenüber dem inneren Schrecken kam meine Ohnmacht gegenüber dem äußeren: die Welt diesen Verbrechermösen ausgeliefert, die gebären und gebären und gebären und den Frieden der Materie stören und den Windfang, die Diele, die Zimmer, die Stube, die Küche, das Eßzimmer, die Innenhöfe mit Millionen, Billionen, Trillionen Kindern füllen. Hach, ohne Kinder würden sie sich angeblich nicht als Frauen verwirklichen! Und warum komponieren sie nicht eine Oper und verwirklichen sich als Komponistinnen? Stattdessen schwellen sie, aufgetrommelt vom animalischen Trieb, von blinder Laszivität, neun Monate lang an wie unförmige Ballons, die nicht vom Boden loskommen können. Und spazieren also, von der Schwerkraft zurückgehalten, in Umständen, guter Hoffung, am hellichten Tag durch die Straßen wie Tonnen auf Stelzen. Vor einer blühenden Hecke halten sie inne. Eine Amsel singt, eine Drossel fliegt vorbei, ein Brummer summt. Das ist angeblich Leben, Glück, Segen, daß ein Vogel einen Wurm frißt. Und als wäre das größte Verbrechen das größte Verdienst, lächeln die Elenden rätselhaft ins Leere und setzen ein Gesicht auf wie Gioconda. Zynische Kühe, schweinische Kühe, wahnsinnige Kühe! Wanstträgerinnen! Verkommene! Arschlöcher! Ich ziehe einen Revolver aus dem Kopf und schwelle ihnen mit Schüssen den Bauch ab.

Ich ging her, hin, hinunter, hinauf, aus Daríos Zimmer in die Küche, aus der Küche in die Waschküche, aus der Waschküche zu den Wäscheleinen, brachte ihm Tees mit Zitrone, die er nicht trank, oder ein Serum, das er genausowenig trank, und stopfte die Laken aus seinem Bett in die Maschine, um sie später unter dem rabiaten Licht der Sonne oder dem schwachsinnigen Licht des Mondes zum Trocknen über die Leinen zu hängen. Was Papi jahrelang getan hatte: mit benediktinischer Geduld, franziskanischer Demut alle Dreckwäsche im Haus waschen. Und der Papst, dieser Verschwender, der sich kreuz und quer durch sein Pontifikat kanonisiert, mit Heiligsprechungen um sich wirft und die Heiligkeit auf den Stand des kolumbianischen Pesos abgewertet hat, der einen feuchten Furz wert ist, einen Scheiß, der hat ihn noch immer nicht heilig gesprochen! Worauf wartet er? Hat er nicht eben erst gut dreihundert Mexikaner auf einen Streich selig gesprochen, im Handumdrehen, wie es heißt? Klar! Allein die Basilika von Guadalupe in Mexiko-Stadt bringt ihm ja mehr Asche ein als ganz Kolumbien zusammen... Deshalb stehen wir bei den Heiligen heute da, wo wir stehen – weil wir arm sind, elend, abgehalftert. Kolumbianer! Keinen Centavo mehr für die Kirche, wenn die uns nicht auf der Stelle noch ein paar selig spricht! Den Almosenhahn drehen wir ihnen zu, diesen Almosenempfängern!

Und aus der Küche zurück auf die Treppe mit einem frischen Tee mit Zitrone für den Kranken, den er wegen seines schwärenden Rachens nicht schlucken konnte, und die eben gewechselten Laken waren schon wieder schmutzig. Also weiter zum Schrank im großen Zimmer, in dem Christusgaga schlief, und frische holen. Und so, hin und her, hinunter und hinauf, fluchte ich aus tiefster Seele über die verfluchte Treppe.

An meinem letzten Tag dort war die Wahnsinnige mit dem falschen Fuß aufgestanden und durcheinander, als hätte sie eben von sich selbst geträumt. Und während sie aus ihrem Zimmer in die Bibliothek tritt, sagt sie zur Luft, zu den Wänden, auf daß jemand gehorche:

»He, verdammt, hier bringt einem ja nicht mal jemand einen Kaffee!«

Als hätte diese Sorte Vierfüßer keine Hände und Füße, um ihn sich selbst zu holen: zwei Füße mit jeweils fünf Zehen und zwei Hände mit entsprechend vielen Fingern. Finger und Zehen hatte sie durchaus und in seit dem Paläozoikum von unserer weisen Mutter Natur festgesetzter Zahl. Was ihr fehlte, war eine Schraube im Kopf. Die unfehlbare Rendón-Schraube! Und ich sage unfehlbar, wie man dunkle Sonne sagt, als Oxymoron, weil die Rendóns diese Schraube eben nicht haben. Deshalb können sie keine Treppen gehen. Kaffee dagegen trinken sie durchaus.

»Bringt mir jetzt endlich wer den Kaffee, verdammt! Mit Milch!« drängelt die Jähzornige.

Ich nicht, natürlich nicht, ich bin die Wand, die nicht hört, nie gehört hat. Und ich verschwand zum Duschen im großen Bad, in dem ein elektrischer Durchlauferhitzer hing. Wie ich unter dem Wasserstrahl stehe, fällt plötzlich, paff!, der Strom aus und das Gerät gleich mit. Ich duschte mich kalt zu Ende, und als ich das Bad verließ, war der Strom wieder da. Und ich sah Christusgaga aus der Garage kommen, wo die Sicherungen hingen, und verstand sofort: Er hatte sie rausgedreht, damit ich kalt duschen mußte. Darío starb, und dieser Sohn seiner Rendónschen Mutter hatte nichts Besseres zu tun, als mir auf die Nerven zu gehen, indem er einen Durchlauferhitzer abstellte. Über seine erbärmliche Seele, seine Rendónsche Infantilität, mußte ich so lachen, daß ich beschloß, ihm mit einem Hieb auf den Stiernacken ein Ende zu machen. Einem Hieb mit der Eisenstange, die ich in der Rumpelkammer gesehen hatte, gut dosiert, brüderlich, zärtlich. Nicht so fest, daß uns die Hirnverschlingungen, in denen sein wahnsinniger Groll nistete, den Fußboden verschmutzt hätten, und auch nicht so zaghaft, daß uns der Getroffene ein Leben lang als Teil der Flora lästig fiel, dem man mit dem Schlauch Nahrung einflößen und mit lauen Bädern den unermüdlichen Arsch säubern mußte. Ein »Loswerder« eben, wie man das in diesem ausdrucksstarken Land nennt. Nein. Weder zu fest noch zu zaghaft – die richtige Note, im richtigen Moment mit dem richtigen Anschlag, so habe ich von jeher das Cembalo gespielt. Ich trat wieder ins Bad, rasierte mich, kämmte mich und ging dann wild entschlossen in die Rumpelkammer, um die Eisenstange zu holen. Da war sie, lehnte in einer Ecke, eisern meiner harrend. Ich nahm sie und schwang sie wie eine Machete.

»Was hast du vor?« fragte Gevatterin Tod erschrokken.

»Nichts, Schätzchen, wart's ab.«

Und gepackt vom Wahn Kolumbiens und dem Wahn der Rendóns, der sich bis in die Anfänge dieser wahnsinnigen Spezies zurückverfolgen läßt, als der kluge Kain in einem Anflug menschlichster Menschlichkeit den dummen Abel erschlug, lief ich los, ihn zu suchen. Nulla!

Niente! Sparito! Weder im Obergeschoß noch unten, der Verfluchte hatte sich verflüchtigt wie Terpentin.

»Wo ist Christusgaga!« brüllte ich wie rasend.

»Weg«, antwortete die Wahnsinnige von oben, als wäre zwischen ihr und mir niemals etwas vorgefallen.

Ich stockte, erstarrte. Woher wußte sie, wen ich meinte? Daß ich ihren letzten Sohn suchte, die Nachgeburt, die unter dem Dauerbetrieb ihrer Maschine gelitten hatte? Hatte diese Schwachsinnige etwa gelernt, die Gedanken anderer zu lesen wie Balzac? Wie Balzac der Wahnsinnige?

Deshalb, weil die Nachgeburt das Haus verließ, während ich mich rasierte und in der Rumpelkammer nach der Eisenstange suchte, habe ich nur zwei Tote auf dem Gewissen, die meinem Buch »Los caminos a Roma« ein wenig christliche Barmherzigkeit verleihen: einen bildhübschen kleinen Gringo, dem ich in Spanien begegnete, und eine Concierge in Paris.

Wenn ich heute, nach so vielen Jahren, mit kühlem Kopf an die kochende Scheißwut denke, die ich damals hatte, muß ich feststellen, daß nicht viel fehlte, und ich wäre – wie Papi zum Dienstmädchen der Wahnsinnigen – zum Dienstmädchen der Gevatterin geworden. Zweimal hatte ich die Drecksarbeit bereits für sie erledigt, und diese Tagediebin wollte mehr... Das hätte gerade noch gefehlt!

In jener Nacht kehrten die Stechmücken der Schlaflosigkeit, »les musiciens«, zurück und sirrten über meinem Spielzeugbett, dem Werk von Argemiro dem Wahnsinnigen. Während Darío im Nebenzimmer delirierte und in seinem Wahn mit den Basucokindern von der Carrera Séptima zankte, zog ich in meinem, um ihn nicht zu hören, Bilanz unter den Bankrott. Im Grunde war alles gemeiner Lug und Trug gewesen, ein plumper Bluff mit liquidierten Träumen, der nun zumindest zwischen kaputten Schatten in einem abgewirtschafteten Schuppen ein Ende fand. Ich spaltete mich auf und erspähte von oben mit meinen Nachtaugen, mit meinen Eulenaugen im Dunkel den armseligen Typ, der in seinem armseligen Bett auf dem Meer der Zeit trieb. Der Typ stand auf und machte ein paar Schritte auf den leeren Sessel zu, in dem die Großmutter in ihren letzten Jahren auf Gevatterin Tod gewartet hatte. Die Nacht war eine Perlenschnur aus Augenblicken, die wie Ewigkeiten wogen.

In enger werdenden konzentrischen Kreisen schrauben sich die Zopilote vom Himmel herab, von Gottes blauem Dach über Mexikos Modestrand Playa del Carmen. Wem haben sie angesehen, daß er stirbt? Meinem Freund R. M., dessen Namen ich verschweige, da wir Toten diskret sind, wenn wir über andere Tote sprechen, sehr distinguiert dieser hier, Ritter vom Heiligen Grab und Diplomat beim Heiligen Stuhl und von einem Monat auf den anderen durch die unnennbare Krankheit zum wandelnden Leichnam geworden, woraufhin er Rom verließ, um in Mexiko zu sterben, allerdings nicht, ohne zuvor ein Weilchen das Leben an besagtem Strand zu genießen, wo ihn die mexikanischen Geier, seine Ordensbrüder bei der PRI-Regierung, von oben ausmachten und sich in den besagten konzentrischen Kreisen hinunterschraubten, um ihn sodann am Boden zu verfolgen, wobei sie vor Freude über das bevorstehende Bankett Luftsprünge auf dem Sand und den Felsen des Strandes vollführten. So sind sie, die Zopilote, sie wissen, wenn jemand stirbt. Wie Priester und Ärzte riechen sie in den Lebenden die Leichen. Wenn die vorwitzigsten unter ihnen R. M. zu nahe kamen und ihm vor dem Gesicht herumflatterten, verscheuchte sie mein armer Freund mit einem Panamahut.

Dies war die letzte Nacht. Im Morgengrauen verließ ich für immer dies Haus. Und Medellín und Antioquia und Kolumbien und das Leben. Nein, falsch, das Leben erst einige Tage später, als Carlos mich in Mexiko anrief und mir sagte, sie hätten Daríos Tod beschleunigt, weil er keine Luft mehr bekommen habe, es nicht mehr aushielt und darum bat, daß man ihn tötete. Und da, den Hörer in der Hand, starb ich. Kolumbien darf sich glücklich schätzen. Es hat einen einzigartigen Schriftsteller. Einen schreibenden Toten.

Ich starb also, ohne aufzulegen, und jetzt frage ich mich hier im schwarzen Nichts, von dem aus ich für den Rest der Ewigkeit das Streben der Welt betrachte und ihrer Ränke spotte, aus Langeweile eines: Wie hoch war Carlos' Telefonrechnung, weil ich nicht auflegte? Oder wurde das Gespräch von selbst unterbrochen? Gibt es das denn in der Telefonwelt der Lebenden, daß ein Gespräch von selbst unterbrochen wird? Das weiß ich nicht mehr. Und es kümmert mich nicht.

Um fünf Uhr morgens stand ich auf, zog mich an, packte meine Sachen in meinen Koffer und bestellte ein Taxi zum Flughafen. Ich ging, ohne mich von Darío zu verabschieden. Wie auch? Geh mit Gott? Gott gibt es nicht, Idiot! Wie soll es dieses alte Hurenbalg auch geben! Als ich die Haustür öffnete, merkte ich, daß nicht abgeschlossen war. Was? Eine Haustür, in Kolumbien, eine ganze Nacht offen? Waren die denn wahnsinnig? Klar, Papi war ja nicht mehr da. Ihr Schließerdienstmädchen war doch von ihnen gegangen, das für sie gekocht und gespült und gewaschen hatte und das gewissenhaft allabendlich vor dem Zubettgehen nachsah, ob die Herdplatten ausgeschaltet waren, ehe es mit zwei Schlüsseln die Haustür abschloß. Witzbold! Einfaltspinsel! Als hätte man in deinem Land arge Mühe mit einer Haustür, weil du sie doppelt oder dreifach verriegelt hast! Falls sie aufgehen soll und tut's nicht, sprengt man sie dir mit einer Bombe weg. Und falls dich einer umbringen will, und du kommst nicht raus, steckt er dir das Haus an. Feuer macht dem Zögerlichsten Beine. Und sei's mit angesengtem Arsch – er kommt raus an Kolumbiens frische Luft.

Auf die Gefahr hin, zur Salzsäule zu erstarren, wandte ich mich um und sah, daß die Wahnsinnige oben an der Treppe stand und mich weggehen sah. Ich trat auf die Straße und zog die Tür hinter mir zu, als eben eine trübe Sonne über den Bergen auftauchte und vor meinem Ex-Zuhause das Taxi hielt – das Radio lief. Ich nahm den Koffer, stieg ein, und das Taxi fuhr an.

»Bitte«, sagte ich zum Fahrer, »stellen Sie das Radio ab, und ich zahle Ihnen den doppelten Fahrpreis.«

Der Mörder stellte es ab.

Als wir über die Straße nach Rionegro in die Berge fuhren, fing es zu regnen an: ein dichter, geschlossener Regen, der die Landschaft verbarg. So daß ich Antioquia zum letzten Mal einige Wochen zuvor gesehen hatte, als ich angekommen und vom Flughafen hinunter nach Medellín gefahren war. Wer hätte das gedacht, wer es wissen können!

Das letzte, worum Darío mich bat, war, daß ich mich mit Christusgaga und der Wahnsinnigen aussöhnte, ihnen verzieh, was es zu verzeihen gab. Wie bitte? Ich war baff. Die Toten entscheiden für die Lebenden? Kommt das in der Allgemeinen Erklärung der Menschenrechte vor? Die, die sterben, sollen sterben und nicht rumnerven! Wann hat denn je einer von denen auf mich gehört? Nicht einmal, soweit ich weiß.

»No!« sagte ich mit einem O, runder als die Erde.

Und während das Taxi mich auf der Straße nach Rionegro von ihm fortbrachte, sah ich ihn wieder wie bei meiner Ankunft unter seinem Lakenzelt darauf warten, daß der Schrecken der Gevatterin ihn vom Schrecken des Lebens befreite. Ich sah ihn verschwommen in meiner pfützentrüben Erinnerung.

Am Eingang zum San-Pedro-Friedhof in Medellín, Kolumbien, steht der Engel des Schweigens auf einem Sockel aus Marmor. Mit dem Zeigefinger an den Lippen bedeutet er uns, still zu sein:

»Still, Untertanen, ihr betretet das dunkle Reich eurer Herrin.«

Das von Gevatterin Tod etwa? Bescheuerter Engel! Ehrlich gesagt, war die zu Lebzeiten stets mir zu Diensten. Meine Beerdigung auf diesem illustren Gottesacker, auf dem so viele meiner geliebten Landsleute verfault sind, war nicht möglich, denn man hatte mich bereits in Mexiko verbrannt. Und dem zuständigen Amt ein Vermögen an Schmiergeld für die Erlaubnis bezahlt.

Die Reifen des Taxis durchpflügten die Pfützen und öffneten dabei Fächer aus Wasser. Ich war schon gewiß, nie mehr wiederzukommen, dies war meine letzte Rückkehr gewesen.

Wie ein Hund Urinmarken setzt, um zu zeigen, er war da, setzte die Wahnsinnige Kinder in die Welt – aus ihren Eingeweiden kamen sie, aus ihren Tiefen dunkel wie die Hölle, behaftet mit den unauslöschlichen Genen der Rendóns. Ich sage unauslöschlich, denn meines Wissens ist bei allem Fortschritt, den die Menschheit angeblich gemacht hat, das Löschgerät für Gene noch nicht erfunden. So schneide ich die Wahnsinnige fürs erste mit einer Schere aus meinem Album mit Fotos, Daguerreotypien, wo immer sie auftaucht: auf Taufen, Erstkommunionen, Hochzeiten, Beerdigungen, sie ist allgegenwärtig wie Gottvater oder Balzac. Bei Taufen wollte sie der Täufling sein; bei Erstkommunionen das Kommunionkind; bei Hochzeiten die Braut; und bei Beerdigungen? Die Leiche! Ein Album verstümmelter Aufnahmen ist es geworden, ein wahres Massaker zerschnipselter Erinnerungen.

Irregewordene Bäche ergossen sich über die Berghänge auf die Straße, und ein brüllender Wind blaffte uns an und trieb uns den Regen in Schwällen aus Glasperlen entgegen.

»Klack, klack, klack, klack, klack, klack, klack«, hetzten die Wischblätter unter dem überquellenden Wasser.

Was hört man eigentlich in letzter Zeit vom Paten im Vatikan, von dem Heuchler, Tartüff, Scheinheiligen, von diesem polnischen Transvestiten, ich sehe ihn gar nicht in den blauen Höhen unter Gottes singenden Engelchen? Ist er endlich gestorben? Falls er gestorben ist, muß er im Dunkel der tiefen Höllenkreise sein.

Man sah die Hand nicht vor Augen. Von einer Kurve zur nächsten fuhren wir gegen die Strömung einen Fluß hinauf. Der Regen regnete ein schmerzvolles Miserere auf das Verdeck des Taxis. Das »Verdeck«? So hatten wir als Kinder das Dach von Papis Auto genannt. Alles ändert sich, alles geht vorbei, alles braucht sich auf, die Sprachen und auch die Wörter. So viele waren dem Heiligen gestorben, daß er schließlich an ihnen starb.

»Nun hat er seine Ruh!« sagte die Wahnsinnige, wenn sie von jemandes Tod erfuhr.

Und wozu brachte sie dann einen Strom von Kindern in diese Welt, entriß sie dem Frieden der anderen Welt, der Unverrückbarkeit der Nichtzeit, auch Ewigkeit genannt? Damit sie über Jahre und Jahre dreihundertfünfundsechzig Tage im Jahr auf dem dummen Planeten im Kreis fuhren, bis sie, die Maschine verschlissen, müde, überdrüssig, voller Demut, von den Würmern oder Flammen verzehrt, zum Ausgangspunkt zurückkehrten? Hätte sie sie gelassen, wo sie waren. Was zu viel ist, ist zu viel.

Wir erreichten eine Hochebene. Den Llano Grande? Die Reifen des Taxis durchpflügten weiterhin Pfützen, und der schmerzvolle Regen sang seinen Psalm. Das Telefon klingelte, ich nahm ab: Es war Carlos, der sagte, Darío sei eben gestorben. Da wußte ich, meine letzten Verbindungen zu den Lebenden waren eben gekappt. Das Taxi fuhr weiter weiter weiter, ließ alles zurück, eine verlorene Vergangenheit, ein abgenutztes Leben, ein Land in Stücken, eine wahnsinnige Welt, und vorne war nichts zu sehen, zur Seite nichts, hinten nichts, und auf der Fahrt ins Nichts, ins Ohnesinn, fallen auf die unsichtbare Landschaft und auf das, was Seele oder Herz heißt, Tränen: schwere Tränen weint der Regen.